U0074045

Killer——著

目次 CONTENTS

前言

在學校裏，要怎麼證明自己是個優秀的學生？靠成績單上的數字。出社會後要怎麼證明自己是個優秀的人？當然是靠存摺上的數字嘍。

一

秘訣一：每天詳細紀錄自己的花費和存款，還要計算距離目標多少錢，來激勵自己。

車費：40元，午餐：炸醬麵25元（麵好少，騙錢！）；晚餐的青菜一把和豬肉半斤，合計85元（殺了半天才讓菜販減5元）；不小心掉到水溝裏被沖走：2元（幹！）今日總支出：152元，收入：一天一千元的薪水，存款結餘：1235.83元……等等，怎麼會有.83？哦，不小心按到小數點。結餘123,583元，離目標還有4,876,417元。

我很清楚，目標設五百萬實在太小兒科，這年頭五百萬買間小套房就沒了，搞不好還會買到兇宅。不過我喜歡腳踏實地，與其誇下海口「我要賺幾百億！」卻光說不練，還不如先設個有可能達到的目標，然後卯起來賺錢。存到五百萬以後，還是可以朝第二個、第三個五百萬邁進，這才叫做積極又燦爛的人生。

不過現在連達到第一個五百萬都有困難了。昨天科長宣布，因為經濟不景氣，公司的盈餘連著四個月下滑，為了減少開支，從下個月開始停止付加班費。他還語重心長地說：「同仁們，時機歹歹，大家要共體時艱啊！」

艱個頭啦，要不是為了一個月四十八小時的加班費，我犯得著把辦公室其他人的工作都攬過來做，讓她們整天閒著聊天納涼嗎？看來我也只好學她們，五點半一到馬上消失了。

真討厭，提早回家，開燈的時間就會變長，電費又要增加了。

但是能怎麼辦呢？總不能辭職不幹。開玩笑，失業率6％耶！

年初一的時候，我一大早就出門散心，免得親戚帶小孩上門討紅包。上了公車，我很客氣地跟司機寒暄，「過年還要開車，真辛苦啊。」

猜他怎麼回答？「不會啊，我比較幸福，還有工作可以作。」

這……是有沒有這麼辛酸啊！

所以啊，唯今之計就是要抱緊飯碗，待遇再不合理都要忍。離目標更遙遠也沒關係，我還年輕，總有一天會存到。

每天晚上我都會把存摺拿出來，深情款款地看著上面的結餘金額，每個數字似乎都變成了粉紅色的小花，一閃一閃地對我微笑，真是百看不膩。由於把存摺墊在枕頭下睡覺，我的每個夢都超級浪漫。

從今天起，我要每天把我領悟出來的節約秘訣一條條記下來，等我存滿五百萬，就可以把這些妙方拿來出書，為所有和我一樣努力儲蓄的人打氣，順便再賺一筆。

我用來記錄的筆記本是三十二開大小，封面底色是螢光粉紅色，印著一個男人的照片，他穿著燕尾服（乾洗費一定很貴），襯衫的前襟完全敞開露出六塊肌。看不清楚他的臉長怎樣，因為四個螢光綠的大字「夜戀天堂」遮住了他的臉，旁邊還有一行小字：「夜晚的帝王帶妳上天堂，服務電話：XXXXXXX」。

要讓我上天堂非常簡單，只要給我一大疊小朋友就夠了。

得到這本筆記本的經過非常曲折。由於樓上漏水，客廳的窗簾長了霉，毛茸茸地像地毯一樣，房東又擺爛不肯處理。沒辦法，要房租便宜就得忍受房子爛。我本想放著不管，但是佳莉嫌它噁心，一直吵著要換。

佳莉向來很聽我的話，但她這回非常堅持。要是她真的受不了搬走，我還得另外找室友，也吃不到她帶回來的免費麵包，損失更大。因此，我一打聽到便宜的窗簾店，就乖乖花了三十元車費，大老遠跑過去。

去了才發現，那家店的窗簾花色都很醜，而且可惡的店員還不肯給我打折。然後我忽然想到，幹嘛要買窗簾呢？老家的櫃子裏還堆著十幾條參加告別式拿回來的毛巾，拿來縫一縫當窗簾就好了嘛！可惡，要是我早點想到就不用白費車錢了。

等我走出窗簾店，天已經黑了，那邊的路又很複雜，我兩下就迷路了，只好在巷子裏

亂走。

附近的氣氛很奇怪，一堆詭異的店，門外站著一堆詭異的人，女人的胸前一個比一個露，裙子一個比一個短（是很省布沒錯啦），男人一個個賊笑著瞄我，還動不動攔在我面前。我只好緊抓著皮包——要是有人敢碰它，我一定會大開殺戒——快步往前走。

這時路旁有人遞了個東西給我，我接過來，看也不看就趕快低頭走開。

等我好不容易上了公車，想把拿到的東西丟掉，才發現是本筆記本，把裏面那些亂七八糟的照片彩頁撕掉，內頁還有三十幾頁的空白頁。

我真是後悔，早知道就該折回去跟那個人多拿幾本。

秘訣二（以親身血淚經驗得來的）：永遠不要放棄免費的贈品。

＊＊＊

秘訣三：避免無謂的交際應酬。不．擇．手．段。

車費：路上撿到的悠遊卡，0元；午餐：昨天晚上的剩飯帶便當，0元，晚餐預定：佳莉店裏賣剩的麵包：0元。結餘：123,583元（這幾天都沒增加，真難過）。

不過呢，只要沒有意外，我今天一毛錢都不用花，真是太好了啊！這種幸福的日子多來幾天吧！

坐我對面的Elle原本整個早上對著鏡子化妝，這時總算收起鏡子，問：「怎麼啦，可可小姐，什麼事笑得這麼開心？」

我收起笑容，非常自然地回答：「沒事，只是想起一個笑話。」

這個女人才沒那麼好心關心我開不開心，她根本就希望我越痛苦越好。

果然不錯，她的下一句是：「笑話？妳是指妳的髮型嗎？」

我笑靨如花，「差不多啦。我看到妳的頭皮屑撒在黑衣服上，好像下雪，好有氣質哦！」

她白我一眼，「這不是頭皮屑，是最新流行的刷白效果！」

「哦，用來幫最新的洗髮精打廣告嗎？」

Elle狠狠瞪我，哼了一聲，「土包子！」

這我倒是沒什麼意見，土包子又怎樣，反正我不會花幾千塊去買一件頭皮屑洋裝。

順道一提，Elle的真名叫林美惠，她死也不肯用這名字，堅持要別人叫她Elle，你喊她美惠她絕對裝聾。她說取這個英文名字，是因為「Elle」代表的是女性的魅力和優雅，最適合她；我看她是記不得超過三個不同字母的單字。

「哇，Elle，妳買新手表啊？好漂亮哦！」

工讀生小愛走過辦公桌旁，立刻抓著Elle手上那個閃閃發亮的東西大呼小叫，沒幾秒全辦公室的女人都圍過來了。

「厚，Dior的經典logo表耶。」

「我在店裏看過，要十幾萬，高檔的哩。」

Elle很謙虛地說：「沒有啦，老闆跟我很熟，打折算我八萬而已。」

「哇，真划算。」

笑死人，八萬塊買一支表？這樣她的時間就會比較多嗎？我這支路邊攤買的唐老鴨表，雖然花了三百多塊很心痛，整整用了五年，這才叫划算！不過當時實在應該再多殺一點價的。

Elle討厭我的最大理由，就是我從來不會像其他人一樣，邊流口水邊聽她炫耀身上的奢侈品。不但如此，我還常常把不屑寫在臉上，她一定覺得很礙眼。沒辦法，實在控制不住。我一定又露出了讓她不爽的表情，她很快地把矛頭指向我。

「哎呀，妳們不要這樣誇我啦，我花這麼多錢有什麼好，像可可這樣勤儉持家的女生才值得佩服呢。可可，妳這件花上衣是去哪邊撿來的？樣式好特別，好像丐幫背的布袋哦。」

說到這件上衣我就來勁了。

「這件啊？是我自己做的呀。我上禮拜回家去拿毛巾縫窗簾，剛好我媽的床單破了要丟掉，我就跟她要來改一改做成T恤，剩下的還可以做好幾條抹布，很划算吧？」

全部的人盯著我瞧，活像我頭上長出兩支角。Elle一臉厭惡地說：「妳要不要去看醫生啊？這種丟臉的事還講得這麼高興！」

「為什麼丟臉？這是我發明的節約法耶，我以後還要申請專利的。」

Elle翻了個大白眼。沒能如願刺激到我，她顯得非常遺憾，卻還是再接再厲。

「對了，會計部的凱蒂要訂婚了，妳知道嗎？」

會計部的凱蒂？哦，就是那個跟她一掛的拜金女嘛。這兩個人每天進公司都一副大明星走紅地毯的架子，鼻孔朝天，頭抬得老高，生怕別人一擁而上跟她們要簽名，其實根本沒人要看她們。

原來凱蒂釣到凱子了，可喜可賀。

Elle看我搖頭，說：「她昨天來發帖子，妳不在。」

「沒差吧，我跟她又不熟，沒有理由發給我。」

她掩嘴輕笑，順便再秀一下閃得讓人頭痛的水晶指甲。

「她本來也是這麼說，可是我跟她說，我們家可可小姐最熱情了，要是不能去祝福她，妳會很失望的。所以她今天會補一份帖子過來。」

什麼？

我差點打翻茶杯，「妳幹嘛牽拖我啊！」

她一臉無辜，「人家是為妳著想啊。妳總是一下班就回家，從來不跟同事一起出去玩，也不參加聯誼，我怕妳乾成魚干，才想讓妳多參加社交活動啊。」

謝謝妳的雞婆！我真想破口大罵。一旦收了帖子就得包紅包，如果不去吃喜酒就會白費紅包錢，去了又得花車資，還要準備衣服，荷包會開多大的洞啊？這女人真是太陰狠了！

不行，不可以慌亂，要冷靜，想辦法脫身要緊。

但是我還來不及想辦法，就聽到有人說：「凱蒂在外面耶，快要進來了。」

Elle露出得意的笑容，讓她剛上完口紅的嘴顯得更大。不過我沒空理她，用最快速度跳了起來，衝向門口。

一出辦公室就看到凱蒂，穿著一身紅滋滋的洋裝。

「嗨，可可，我正好要找妳……」

我假裝沒聽見（裝聾也是節約的必備技能之一），視而不見地從她身邊跑過去。

「可可？喂，可可！」

背後喀喀的腳步聲，告訴我她追上來了。該死，她穿高跟鞋怎麼還跑這麼快？

我衝到電梯門口按下按鈕，誰知那他媽的死電梯卡在十三樓就是不下來。

電梯門上映出凱蒂越來越接近的倒影，我只好放棄電梯，轉身跑進樓梯間，幾乎是用跳的逃下樓。

樓梯間裏只有我一個人的腳步聲，看來凱蒂放棄了。我鬆了口氣，走到一樓大廳，坐在沙發上休息。真是累死我了。

問題來了，要是凱蒂直接把帖子往我桌上一放怎麼辦？

沒關係，到時我就神不知鬼不覺用一堆文件蓋住帖子，再藉著送公文的機會把帖子夾在文件裏帶出辦公室，丟進垃圾桶。這樣就不能證明我有收到帖子，既然沒收到，又怎麼能要求我包禮金呢？

我想像著在凱蒂訂婚第二天，我一臉無辜地對她說：「帖子？妳有發給我嗎？我沒看到耶。哎呀，搞不好是被雜物蓋住，清桌子的時候一起丟掉了。誰叫Elle老是把她的垃圾堆到我桌上來呢？不能去喝喜酒真可惜，不過我會在心裏祝福妳的！」

沒錯，就這麼辦，我真是太聰明啦！哈哈哈！

對了，待會記得用最大的音量告訴Elle，銀行打電話找她，她欠了三期卡費，再不還清就要停卡了。

「叮」的一聲，電梯門打開，一個紅色人影走了出來，我差點心臟麻痺。凱蒂居然搭我沒搭上的電梯來追我！一點運動家精神都沒有！

我跳起來，想趁她還沒看到我之前從走廊逃走。

「嘿，可可！妳在這裏呀？」

幹，被發現了！我這白痴，為什麼要走這邊，直接從大門跑出去不就好了嗎？

我只好繼續逃命，可是到底要跑到哪裏才能擺脫她？

這棟大樓裏，她絕對不會去的地方是……

眼前出現一道門，簡直就像天國照下來的拯救之光。沒錯，就是那裏！

我飛快衝進門裏，把門緊緊關上，背靠著門板，喘得像網子裏的魚。房間裏有四五個人，個個都瞪大眼睛看我。他們全是男人。

沒錯，這裏是男廁。男廁又怎麼樣？至少這裏面沒有萬惡的紅炸彈。

我小心地把門打開一條縫往外瞄，想看看凱蒂走了沒。縫太小看不清楚，但是門開太大又可能被抓到，真是麻煩。

有個男人熊熊在我背後出聲，嚇我一大跳。

「小姐，麻煩借過一下，我要出去。」

「哦，好。」我正要讓路給他，靈機一動又伸手抓住他，「先生，你頭探出去幫我看一下，有沒有一個燙米粉頭，穿全套紅洋裝的女人走過去？」

「呃，有，她過來了。現在走了。」

「真的？」

「真的，已經走遠了。」

太好了，警報解除！

不過還是小心點比較好。

「先生，我跟在你後面出去，你幫我擋住不要讓她看到。」

「呃……好。」

我緊貼在他背後走出男廁，心臟跳得快休克了。拜託拜託，千萬別又被她逮到，拜託，上帝阿拉佛祖觀世音土地公，你們千萬要保祐我啊！

話說回來，這個男人個子很高，背也很寬，躲在他背後應該很安全才對。

「放心，她真的走遠了。」聲音也很好聽。

我鬆了一大口氣，發現我的手正緊揪著人家背後的衣服，連忙放開。

「不好意思，真是謝謝你，幫我個大忙。」

他回頭對我一笑，「不用客氣。我這輩子還是第一次在男廁裏遇到美女呢。」

我的媽呀，這男人長得實在有夠帥！又濃又黑的眉毛，眼睛深邃又溫柔，一笑起來好像連四周的空氣都會爆出火花。他長得有點像演蒙面俠那個人，叫什麼安東尼的。那次還是我抽獎抽到電影票，有生以來第一次進電影院看電影呢。

我盯著那張臉，心臟跳得好快，腦中一片空白，只覺得全身熱乎乎，輕飄飄的。奇怪，我向來只會對成堆的鈔票有這種反應啊，今天是怎麼了？莫非這個人身上藏著大筆鉅款，觸動了我的感應雷達嗎？

不對，應該說是他本身就散發著鉅款的味道。我指的不是鈔票的氣味，而是跟鈔票一樣，壓倒性的存在感和魅力。

看，那明亮有神的雙眼，充滿朝氣的笑容，一看就知道是個每天精神抖擻上班，快快樂樂賺錢的有為青年，就跟我一樣啊！

他看我半天不講話，向我伸手，「妳好，我叫阿海。」

「我我，我是可樂……不是，可可。」我跟他握手，只覺得雙腿發軟。

他的手好大，好溫暖，好舒服，就像剛拆封的新鈔一樣。

不行不行，不能只顧發呆，要展現我的禮貌和交際手腕。那個死Elle居然敢說我是魚干，干個頭啦！

「你也在這棟樓上班嗎？以前好像沒看過你。」

「哦，不是，我是來拜訪客戶的。」他遞給我一張名片，「我是汽車業務員，我們的展售場就在路口那邊，有空歡迎妳來坐。」

原來是汽車業務員，大概他常常經手客戶的訂金，跟鈔票非常熟悉，難怪會觸動我的雷達。我有時看到銀行員（女）會莫名地心跳加速，也是同樣的原因。

「好，我一定去，最近正好想買車。」買車？我在講什麼？難道是他身上的金錢氣質太強烈，讓我腦力下降了嗎？

他笑得更燦爛，那口牙齒真是漂亮，不知花了多少錢戴牙套。

「其實也不一定要買車，下次妳再被哪個紅衣服的女人追殺，記得打電話叫我來救妳。那，改天見嘍。」

我望著他離開，他還不時回頭對我微笑。直到走遠了，我還呆站在原地。

這種感覺該怎麼形容呢？對了，就像飄浮在雲端，身邊到處都是鈔票在飛舞，伸手輕輕一撈，就有一大疊鈔票掉在我掌心……

一個紅色的東西掉在我掌心。

「可可，終於找到妳了。妳是在忙什麼跑這麼快，叫妳好幾聲都沒聽到。妳害我跑這麼累，禮拜天一定要記得來喝喜酒哦！到時見！」

等我真正回過神來，高跟鞋的聲音已經遠去，整條走廊上只有我一個人，還有我手上那要命的東西。

幹！我把帖子收下來了！

＊＊＊

秘訣四：記住每件日用品的價錢，而且是不同商店賣的價錢。

晚上十點，佳莉下班回來，我已經等她的麵包等到眼冒金星了。

「嗨，學姐，妳把窗簾掛上去啦？」她看著我用三十幾條毛巾拼成，五顏六色的窗簾，讚歎地說：「這樣還蠻特別的耶，妳真有品味。」

我自己也很得意，品味倒是其次，至少以前包出去的奠儀沒有白花。

佳莉是我大學學妹，有一手好手藝，尤其擅長作麵包。她身材不算胖，只是臉圓，容易讓人誤會她很豐滿。她笑起來細長的雙眼總是瞇成兩道彎月，臉頰上還有酒渦，非常可愛。以前在學校，幾個熟人總喜歡沒事捏捏她的臉頰。她雖然嘴裏抱怨我們把她的臉越捏越腫，其實並不在意。

她今年剛畢業，在一家麵包店工作。當她託我幫忙找房子的時候，正好我原來的室友欠租欠太多被房東趕走，我就介紹她搬進來住。跟她同住有很多好處，不但可以吃麵包店當天賣剩的麵包，當她做點心的時候，我還可以當第一號試吃員。

「今天帶回來的是葡萄乾麵包。這妳愛吃嗎？」

我猛力點頭，接過麵包就大口吃了起來。老實說我超討厭葡萄乾，但是挑食為浪費之本，有東西吃就該感恩了。況且我今天才挨了枚大炸彈，不要說是葡萄乾，接下來大概得連吃一個禮拜的蘿蔔乾。

真是淒涼啊……

佳莉走到冰箱前，按下門上的碼表，深吸一口氣，飛快打開冰箱門，又快又狠又準地拿出優酪乳，再關上冰箱按停碼表，得意地宣布：「五秒，破紀錄！」

我再次覺得佳莉真是最適合我的室友。當我規定每次開冰箱不得超過三十秒，開水龍頭只能轉六十度的時候，前室友跟我大吵一架，罵我龜毛、專制霸道。誰霸道來著了？水電費是均攤的，哪能任由她浪費？

但是佳莉就不一樣了，她不但不嫌煩，還把這些規定都當成好玩的遊戲，房租和水電費也總是準時付清，所以我們一直相處得很愉快。

「對了，我今天買了材料，星期天可以來做玉米麵包。」

我努力把葡萄乾麵包吞下肚，順手拿起她從購物袋拿出來的東西，當我看到玉米罐頭的標價時，慘叫一聲，嚇得她差點打翻砂糖。

「怎麼了？」

我指著玉米罐頭，「二十五塊？妳去哪裏買的？」

「我們店附近的超市啊。」

「妳怎麼不先問我，這個禮拜大○發打折，同樣的罐頭只賣二十三塊！」

我下班後最大的消遣，就是到處逛賣場和商店，一家家比價，所以對各家的價位和折扣消息，我是倒背如流。

「啊……可是我懶得去大○發耶。」

我搖頭，「小姐，做人不能偷懶啊。妳想想，一罐差兩塊，妳買三罐就差六塊，六塊可以買一張郵票還有找耶！怎麼可以這麼浪費！」

她吐舌，看來是有在反省，很好。

「對了學姐，昨天妳媽打來找妳，妳不在，我就跟她聊了一下，」她的語氣變得很謹慎，「我都不知道，原來妳小時候過得那麼辛苦耶。」

啥？小時候？辛苦？我？她確定沒接錯電話嗎？

「你們不是爸爸生意失敗欠很多錢，還全家半夜逃跑？」

我恍然大悟，「那個啊？那沒什麼啦，只不過是睡到半夜被搖起來帶出門而已，我那時候才幾歲，現在早忘光了。」

看到她的表情，我苦笑一聲。那種小心翼翼，生怕傷害我纖細心靈的表情，我已經不知道看過幾百次了。

「怎麼，妳也以為我是受到童年創傷才變得這麼愛錢嗎？」

很多人認識我不到兩天，腦中就開始幻想這副畫面：年幼的我穿著滿是補釘的衣服，在大風雪中可憐兮兮地叫賣火柴，要是沒賣出去就會被爸媽毒打，只能可憐兮兮地縮在牆角，點一根火柴來取暖，在火光中還看到死去的外婆——

在他們的觀念中，這鐵定就是一個亭亭玉立的美少女變成一毛不拔鐵公雞的由來。

真是夠了！我外婆還活著欸！而且我才不會笨到去賣火柴，根本沒賺頭！

況且，省錢需要什麼理由？每個人都是從小就被教導要勤儉持家，難道只有我一個人聽進去嗎？我才想知道那群不花錢就會死的卡奴到底受過什麼創傷哩，沒事買那麼多東西幹什麼？厚厚一疊鈔票拿在手上的幸福感才是天下第一啊！

為了不浪費佳莉的同情心，我努力地澄清。

「沒事啦，真的。那時我走到半路就睡著了，醒來人已經在外婆家裏，根本不知道發生什麼事。後來我外公請了里長幫忙解決，所以我們只在外婆家待了兩天就回家啦。過了幾年債就還清了，一切恢復正常。要說創傷啊，娃娃屋破掉的創傷還比較大呢。」

「娃娃屋？」

「是啊，我生日的時候媽媽送我一個娃娃屋，超漂亮的。半夜躲債的時候當然不能帶娃娃屋走，從外婆家回來以後，發現家裏被債主翻得亂七八糟，連娃娃屋都摔破了。」我不禁憤慨起來，「妳不覺得很過分嗎？一群大人居然連小朋友的玩具都不放過！」

話說回來，如果換成我被倒了一大筆錢，我一定也會想盡辦法收回來，就算連整間屋子都挖開也在所不惜，更何況是娃娃屋？

這就是我絕對不借錢給別人的原因。

「真的耶，妳一定很難過。而且妳媽媽大概沒辦法再買給妳了。」

「對啊，所以我只好自己拼命存錢。」

那陣子還真是辛苦，我還曾經跳到水溝裏撿一塊錢銅板哩。

「結果妳有存夠錢嗎？」

「有啊。不過等我把撲滿殺了點完錢以後，忽然就不想買娃娃屋了。」

「為什麼？」她很驚訝。

我抓抓頭，「該怎麼說，就是覺得很可惜吧。辛辛苦苦存了那麼久的錢，買個娃娃屋就沒了，好像很不值得。」

佳莉的下巴快掉下來了，「那本來就是為了買娃娃屋存的錢，為什麼不值得？」

老實說，我自己也不知該怎麼解釋。只知道當我看著一堆一堆的銅板，忽然強烈地不願意跟它們分開。

「反正，反正，娃娃屋這種東西，等我年紀大了就沒興趣了，錢是可以用一輩子的東西，當然更值得珍惜呀。」

佳莉點頭，「說的也是。對了學姐，我們店裏星期天要員工烤肉，去哪裏買材料比較好？」

我連想都不用想，馬上就背出一大串資料：「〇好的烤肉片一盒一百克賣二十五元，同樣的牌子〇青賣二十六塊，〇聯兩盒四十，滿三百還可以折價三十，不過只到星期六。〇樂福的雞腿一盒十五，比其他家便宜三塊，加烤肉醬再打九折。農會超市的香菇一盒三十二，也是便宜三塊，但是有的比較小，要小心不要拿錯。」

佳莉雙眼閃耀著佩服的光芒，「學姐，妳真的好厲害，不愧是省錢專家！」

好說好說，這可是我的得意專長。

但是，省錢專家會呆呆站著讓紅帖炸嗎？

可惡，這真是我一生的恥辱！

「學姐？」佳莉擔心地看著我，「妳怎麼了？臉色忽然變得好難看。」

我歎了口氣，把喜帖的事告訴她，她非常同情。

「妳要去嗎？」

「當然要去，哪能光送禮金不去吃？」

「那妳要包多少呢？」

我忍著刀割般的心痛，伸出五根手指。

「五千塊？」

「屁啦！五百！」

上回我堂姐結婚，我也是包這數目。老實說，這次應該可以再減一點才對，凱蒂跟我又沒什麼交情。

她看來有點驚嚇，「學姐，不好吧？像這種在高級飯店舉行的喜宴，禮金至少都要三千以上才行。」

我跳了起來，「開玩笑！三千塊？連我自己結婚我都不會包那麼多！」

「可是一般的作法就是這樣，地點越高檔，禮金就要越多，才不會失禮。」

「她自己要在高級飯店請客，關我什麼事？根本就是死要面子，那種地方東西少又難吃，還不如在路邊辦桌哩！」

「可是氣氛很好啊。」

「氣氛又不能拿來吃，憑什麼要我為那種東西付錢？」看她還是滿臉黑線，我歎了口氣，「好啦，大不了我少吃一點嘛，這樣總對得起主人了吧？」

「說真的學姐，既然妳這麼愛錢，為什麼不學著理財投資呢？買個股票還是基金什麼的，多賺一點錢就不用這樣辛苦節省了。」

「股票？開什麼玩笑，那個東西賠起來沒完沒了耶！妳以為金融風暴哪來的？就是一群天真無邪的老百姓，把血汗錢交給那些該死的專員，讓他們去搞一堆亂七八糟的名堂，把你搞得暈頭轉向，然後錢就蒸發了。投資？我看是投死吧！我寧可把錢放在郵局裏，一年賺不到一趴的利息，也絕對不讓那群人碰一下！」

「……妳高興就好。」她又露出那種「看在妳吃了那麼多苦的份上，我願意體諒妳」的表情，我也懶得糾正她了。

況且，我心情真的變好了。只要少吃一點就可以少包禮金，之前怎麼沒想到呢？

以我對食物價格的敏感度，絕對有辦法控制自己只吃跟禮金等值的菜，不但不會占新娘子一毛的便宜，更不會虧待我自己。我真的是天才啊！

話說回來，一開始要不是我站在走廊上發呆，現在也不用煩惱這麼久。都怪我昏了頭，只顧看帥哥，才會被炸翻。

可是他真的很帥呀。不止是那張漂亮的臉，還有他身上的味道，金光閃閃的味道……想到阿海瀟灑的身影，我頓時胸口發熱，不由自主地笑了出來。明知佳莉正驚訝地看著我，笑容還是停不下來。

我一定是哪裏不對了……

＊＊＊

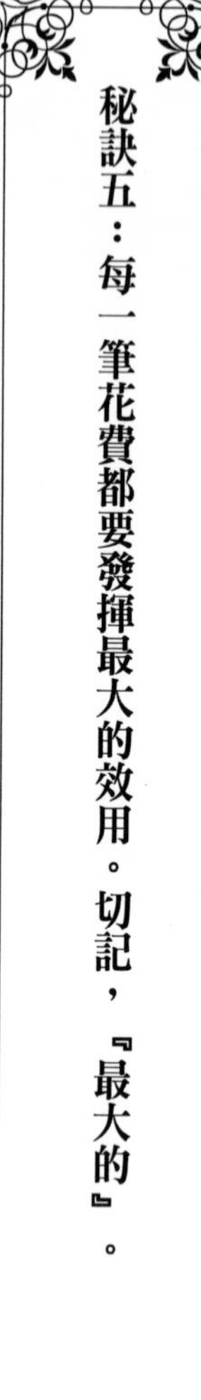

秘訣五：每一筆花費都要發揮最大的效用。切記，『最大的』。

車費：30元，衣服：0元，禮金：嗚……

佳莉很熱心地提議借我喝喜酒的衣服，我婉拒了。要是不小心把她的衣服弄髒，我還得賠償，豈不是賠了夫人又折兵。

我向媽借了一件她以前當媒人時穿的禮服，是桃紅色的，上半身鑲滿亮片，下面是及地的紗裙。衣服太寬，我在背後用別針別住。

佳莉看到我穿這件禮服，整個臉都僵了，真不知道她為什麼反應這麼大，我倒是覺得挺不錯的。雖說桃紅色讓我的臉色發綠，而且至少老了十歲，但是這衣服是免費的，就算我失手把它勾破個大洞也不會惹麻煩，這不是很讚嗎？

解決了衣服的問題，還有車費要處理。我可不想花三十塊車費，專程只為跑去喝一場被人陷害而不得不去，還不能盡情吃喝的喜酒，這樣會讓我加倍不爽，所以非物盡其用不可。

上網一查，飯店附近的圖書館星期天正好在舉辦健康講座，題目是「如何預防陽痿」。我決定去聽一下，反正講座是免費的，而且日後搞不好用得著。

講座是下午一點半，我中午十二點到飯店，吃足禮金等值的菜以後，馬上離開飯店趕過去，正好可以趕上，真是太完美了！

喜宴的接待處上面擺滿花籃，鋪著幾百公尺長的蕾絲，拿來做兩件禮服還有剩。以桌子為中心，方圓十公尺內是滿坑滿谷的氣球，都可以載人升空了。凱蒂真的以為搞這種排場，老公就會比較疼她嗎？浪費，真是浪費！

說來很難相信，當年我第一次喝喜酒的時候，心裏非常慌張，一直擔心自己包太少。即便是我也知道，參加這種場合出手太寒酸會很難看，尤其對方日後還會見面，難免尷尬。所以我向來避免收紅白帖，一旦收下來，真的是後患無窮。

不過我現在已經長大成熟了。寒酸又怎麼樣？難看又怎麼樣？只要集中精神，想像「5,000,000」這個美麗的數字在我的存摺上閃閃發光，我就什麼都不怕了。

可惜我臉皮不夠厚，做不到光收帖不包禮這種事，真應該再修練一下。

接待處前擠滿了人，一個個打扮得光鮮亮麗，講話跟笑聲都刻意提高八度，生怕別人看不到他們。這些人真奇怪，大老遠跑來送錢給別人，居然還這麼得意？

奇妙的是，無論是收錢的小姐或客人，一看到我，臉上表情都很像佳莉。他們要是知道我為這場喜酒傷了多少腦筋，花了多少心思，一定會更讚歎吧。

痛苦的時刻來臨了，我慢慢地走到桌前，裙擺讓我的腳步更加沉重。一看到我拿出紅包袋，負責收錢的小姐立刻餓虎撲羊般地伸手來接，我直覺地把手縮回。幹嘛那麼急？到底是請客還是搶錢？

「呃，小姐？」那個女人的手停在半空中，一臉不解，好像我理所當然應該高高興興把錢奉獻給她一樣，讓我越看越生氣。但我能怎麼辦？又不能轉身走人。

再度拿出紅包袋，深深地看了它一眼，淚水湧入眼眶。啊，這一定是全世界最悲痛的離別了！

收錢的惡魔，不是，小姐的爪子又朝我心愛的紅包袋伸了過來，我又直覺地躲開。

「對不起，小姐，後面還有人在等，可以快一點嗎？」有人抗議了。

等什麼等，那麼急著掏錢，幹嘛不連我的份一起給？

在四面楚歌的情況下，我不得不交出紅包袋，又跟接待小姐拉扯了一陣子。最後那個女人一用力，硬把它抽走。搶劫啊！

我強忍淚水，低頭簽名，那個女人得意地把鈔票抽出紅包袋。

「一、一百元?!」

那是什麼語氣？一百元可以買三條土司還有找，或是一個排骨便當加飲料，還可以買十幾包王子麵讓我吃一星期，現在我居然得把它交給那個跟我講不到幾句話的凱蒂！妳們乾脆把我槍斃算了！

我不敢多看那張原本屬於我的鈔票一眼，快步衝進了宴會廳。

走到同辦公室的同事們的桌邊坐下，我拿出衛生紙，用擦汗掩飾擦眼淚的動作。一看到我出現，Elle又出聲了，顯然她是一天不找我麻煩就睡不著。

「哎呀，我還以為是鄉土劇裏的劉媒婆跑出來，原來是可可啊。妳這套衣服剛不會是去片場偷的吧？」

偷又怎麼樣？我剛剛被搶走一百元！我再也忍不住，眼淚奪眶而出。

同桌的人都慌了手腳，紛紛圍過來安慰我。

「可可，不要哭啦，Elle是開玩笑的。」

「我覺得妳的衣服不錯啊。」

「Elle，妳開玩笑也有個分寸嘛，怎麼可以說人家是偷的？」

Elle看到我被大家同情，她自己卻成了眾人責備的對象，氣得臉都黑了。看到她那副表情，我心情稍微好了點。說真的現在不是哭的時候，我得集中精神，用最高的效率把我的禮金吃回來。

拿起桌上的菜單仔細研究，前菜是龍蝦沙拉和壽司，郵購的龍蝦沙拉兩百克是兩百五十元，迴轉壽司一盤兩個三十元。所以吃十克的沙拉和兩個壽司就可以賺回四十二塊半。第二道菜是炭烤牛小排，冷凍牛肉三百克賣兩百元，一片大概三克……

估算完畢，我可以在上第四道魚湯時用完我的額度，速速告辭去聽講座。

計劃妥當後，我的肚子也餓了。時間已經是十二點半，也該上菜了吧？

等了好久，始終沒有上菜的跡象。客人仍在陸續進場，有好多桌都還沒坐滿。搞什麼，遲到的人幹嘛還等他們？時間就是金錢耶。

好不容易燈光暗了下來，我鬆了口氣，終於要上菜了。

司儀的聲音從擴音器傳出來：「各位親朋好友，歡迎大家來參加Jason和Katie的訂婚喜宴。為了回饋大家，新郎新娘特別邀請了知名的『星星舞蹈團』，為大家演出精彩的餐前秀。」

什麼？舞團？餐前秀？拜託，趕快上菜比較重要吧？

一群戴著面具，穿著奇怪緊身衣的男女從台後衝出來，開始在桌子之間像瘋子一樣地轉著圈，不時劈腿下腰，翻筋斗，總之就是莫名其妙。

我肚子餓得像要燒起來，轟隆隆的音樂又震得我頭痛。怪不得他們叫「星星舞蹈團」，原來他們專門讓人餓得眼冒金星。

一看手表，該死，一點十分了！再不離開，我會趕不上講座。但是我一口菜都沒吃到，哪能這樣就走？

我拼命想辦法，眼角瞄到桌上的紅酒，已經被喝掉一大半。超商賣的紅酒一瓶兩百三十元，瓶裏剩下的應該差不多值一百元吧？

小心地觀察同桌其他人，沒有幾個人在注意舞群，大多是兩眼無神地發呆，顯然也餓壞了。趁著這機會，我小心翼翼地將酒轉到我面前，偷偷從手提包中拿出準備好的塑膠提袋（喝喜酒一定要帶袋子，準備隨時打包剩菜），一把將酒瓶塞進袋裏。

然後我跳起來宣布，「不好意思，我有事先走了！」

不等他們回應，我快步衝出宴會廳。雖然沒吃到菜，至少拿到紅酒，沒有空手而歸，這趟也算值得了。

沒想到，當我跑過門口接待處的時候，塑膠袋居然破了個大洞，「鏘」的一聲，那瓶酒摔碎了。

滿地都是玻璃碎片和紅酒，我的衣服也沾了一大片。四周的路人和接待處收拾善後的人全都盯著我，剛剛跟我搶禮金的女人把頭撇開，憋笑憋得全身抖動。

我也在發抖。這真是太丟臉，太倒楣了。我的紅酒，我的禮金啊！

眼淚再度湧入我的眼眶，我轉頭衝出去，這場喜酒從頭到尾都在整我，我再也受不了了！

忽然眼前一黑，簡直就像撞到一堵牆，我重重跌在地上。

「對不起！妳還好吧？」一個男人的聲音傳進耳裏。

眼前還在冒金星，這聲音卻讓我心跳加速，渾身舒暢，剛剛的悲憤好像冰塊丟進熱水，瞬間無影無蹤。

一隻有力的手伸到我面前，「站得起來嗎？」

我拉住那隻手站起身，發現那個男人是阿海，害我不小心接下紅炸彈的罪魁禍首。

「是妳啊，可可。真巧。」他的眼睛亮得像剛從鑄造廠出來的銅板。

「嗨，阿海。」

真高興他記得我。第一次見面時的奇怪症狀又出現了，我的心臟差點跳出胸口。「不好意思撞到你，很痛吧？」

「哪裏，妳摔得才重哩，沒受傷吧？」看我搖頭，他放心地笑了。那笑容真是帥到驚天地泣鬼神的地步，我眼睛都快瞎了。

我現在百分之百確定，我在他面前的種種失常，完全是因為他本人的關係。那張俊臉的威力簡直可抵十個五百萬啊！

「妳最近沒再被紅衣服女人追了吧？」

「當然沒有。」

這種事只要一次就受夠了，要是再碰到還得了？

「難怪，最近去你們大樓都沒看到妳。」

咦？他這話什麼意思？他又跑去找我嗎？

不要亂想，他應該是去拜訪客戶，每次一踏進大樓就想起我吧。

不過光是這樣也夠讓人開心了。

「對了，妳是來這裏喝喜酒嗎？」

「是啊。」

他這一問，我又想起剛才的慘劇。現在已經沒那麼痛苦了，但是我要怎麼向他解釋，為什麼我喜酒吃一半衝出來，裙子還髒一大塊？

「可是我……不小心打翻酒弄髒衣服。這是跟人家借的，要趕快洗。」

「哦，這就需要緊急處理了。」

他帶著我來到飯店大廳，要我稍坐等他一下。十分鐘後，他帶著一個紙袋回來，裏面是全套的運動服。

「不好意思，不知道Size合不合。妳先把衣服換下來，用水搓一搓，不然這顏色很難洗掉，我有一件襯衫就是這樣報銷的。」

我真是感激得痛哭流涕，照他的話去洗手間換上運動服，在洗手台把老媽的禮服搓了半天，總算洗得差不多了。

「謝謝你幫忙，運動服的錢我明天還你。」

我一定是哪根筋不對了，憑空又多出一筆開銷，居然覺得很高興？

「不用了，一套運動服又沒多少錢。」

「不行不行。我不能白拿你的。」絕不被人佔便宜，也絕不佔別人便宜，這是我人生的宗旨。

他無奈地一笑，「妳何必這麼客氣呢？我好歹也曾經護送妳走出男廁所，我們總該有點交情吧？」

噗……我當場失笑，不過立場還是要堅持。

「交情要有來有往，我已經欠你兩次了，這樣交情會不穩。」

他還想再反駁我，我們兩人的肚子卻同時叫了起來。我們四目相望，再也忍不住大笑出聲。飯店門房和櫃台服務員各自投過來一記衛生眼，我跟阿海都毫不在意。

「既然妳這麼想回報我，就陪我吃個飯吧，如何？」

我當然一口答應。

＊＊＊

在餐廳裏，很多人一直用古怪的眼神盯著我們看，不知是被我同伴的英俊相貌嚇到，還是沒見過女人穿運動衣吃義大利菜。我並不在意，讓我擔心的是菜單上的價錢。

不過，只要一接觸到阿海的目光，我又會把價錢拋到腦後。不只是價錢，我差點連我自己是誰都忘了。

「阿海，你今天去飯店也是拜訪客戶嗎？」

「不是。我朋友結婚，我去送禮，祝福她一下就走。」

這句話對我有如天方夜譚。「你包了禮，卻不吃喜酒？為什麼？」

「吃不下啊。」他清亮的眼神黯淡了下來，「新娘是我前女友，我差點就不想來了。」

該死，踩到大地雷了！

我在心裏狠踹自己幾百下，硬著頭皮說：「對不起，問了不該問的事。」

他再度露出燦爛的笑容，「不用在意啦，反正都過去了。」

最好是啦！剛才表情還那麼難過。想到這裏，我覺得心臟彷彿被根繩子束緊，胃口也沒了。

他看出我臉色不好，輕拍我手背，「妳真的不用在意，OK？沒事的。都已經分手兩年，早就沒感覺了，只是有點感觸而已。」輕笑一聲，也不等我發問就說起他的戀愛史。

「我們在學校就在一起了，向來是班上公認最有希望的一對，我也認為將來非她莫娶，可是出了社會以後就不一樣了。她是很積極上進的那型，白天上班，晚上還去進修補習拿學位，可是我不一樣，上班已經夠辛苦了，晚上只想輕鬆一點。結果她就認為我不長進，沒出息，我們動不動吵架，最後就這麼分了。」

我不知該怎麼接話，只能關切地看著他。

他輕歎一聲又接下去，「今天我去看她，新郎是她公司的主管，一看就知道是青年才俊。看到他們我就想，我大概真的是個沒出息的人吧。」

「才不是哩！」我急著勸他，「人各有志，喜歡輕鬆過日子又有什麼不對？沒事去上那麼多課幹什麼，學費很貴的！」

他笑了起來。「可可，妳真的很有趣。」

這……被帥哥稱讚有趣，到底是好事還是壞事？

我乾笑一聲，「對啊，所以我到處扮丑角，逗人家開心，我辦公室的同事超愛取笑我的。」

他輕輕搖頭，「那是因為他們沒有發現妳的魅力。」

真的嗎？他認為我有魅力？

凱蒂小姐，感謝妳發帖子炸我！

我們聊了兩個小時，吃完義大利麵又吃了甜點，還是意猶未盡。等到非道別不可的時候，我衝口說出，「下次換我回請你。」

「不用了。」

「不行。我說了，要有來有往。」

他又是無奈一笑，「好吧，改天再約。」

我鍥而不捨，「那就下禮拜天？」要是現在不趕快定下來，「改天」永遠不會到。

「好，下禮拜天。妳再通知我時間地點。」

我的雀躍心情一直維持到走進家門，聞到烤玉米麵包的香味，我邊吹口哨邊拉起那條超級省錢的窗簾，然後一個念頭像閃電似地劈中我。

等等，我跟他說了什麼？請客？我的字典裏從來沒有這兩個字啊！

二

秘訣六：為了免費的食物，必須要有上刀山下油鍋的覺悟。

「哇，去喝個喜酒也會有豔遇，學姐妳真厲害！」佳莉兩頰泛紅，都快比我興奮了。我也很想表現得更開心一點，可惜不成功。

「可是下禮拜我得請他耶，要花好多錢。」

「拜託，錢可以再賺，帥哥可不是每天都碰得到的。」

「我知道啊，可是，可是……」我舉了一個最容易讓她了解的例子，「如果有一天妳老闆跟妳說，奶油太貴了，以後改用沙拉油做麵包，妳不會覺得渾身不舒服嗎？」

她很疑惑地看著我，「還好吧？沙拉油膽固醇比較低呀。妳的意思是，錢像奶油，帥哥像沙拉油，錢比較香，但是跟帥哥在一起比較有益健康嗎？」

「不是啦！」我快瘋了，「我是說，不習慣的事情就是做不來嘛！」

「哦。那妳就請便宜一點的店，去吃個水餃就行啦，我還知道一家牛肉麵很好吃哦。」

「不行。」我搖頭如波浪鼓，「他請我吃的是三百八十塊的套餐，加服務費是四百零八，我也要請他吃同樣價錢的東西。」

嗚，我心口插了四百零八根針啊！

「不用這麼介意吧？請客只是心意啊，而且一般來說男生都不會讓女孩子請客的。」

「羊毛出在羊身上，懂嗎？」我說：「要是一直讓男方請，等結婚以後，他就會連本帶利跟妳討回來。『妳以前都吃我的用我的，所以現在飯菜錢水電費還有孩子的尿布錢都要妳出！』這誰受得了？」

她看起來更疑惑了，「妳那位阿海是那種人嗎？那妳就不要跟他來往嘛。」

「小傻瓜，這種事當然是等結婚以後才知道會不會發生咩。所以現在要未雨綢繆，他付多少我就付多少，誰也不欠誰，將來才有保障。」

她耐心地聽完，忽然一拍手，「對了，妳等一下！」她跑回自己房間，我只聽見她翻箱倒櫃的聲音，然後她又衝出來，交給我一樣東西。

「這是我上次抽獎抽中的，丹丹屋西餐廳的招待券，憑券可兌換德國豬腳套餐一份，原價四百二十元。差十二塊，沒關係吧？」

「當然可以！」我流下了感動的淚水，「可是妳真的要給我嗎？妳可以自己去啊。」

「太遠了，在基隆。我好幾次想去都抽不出時間，乾脆給妳。」

這孩子畢竟和我不同，只要有免費的飯，就算是南極我也會一馬當先衝過去。不過她真的幫了我大忙，讓我感謝得五體投地。

「學姐妳不要客氣啦，小東西而已。到時妳就請他吃德國豬腳，妳自己再點個便宜一點的三明治就好了。」

我另有盤算，「不用，到時我就跟他說我在節食，請他把沙拉分我吃就行了，正好抵多出來的十二塊。」

「學姐妳好聰明哦！」

老實說，我自己也很得意。

那天晚上，我的夢境裏出現的不是錢堆，而是阿海的笑容，但我睡得依然香甜。這真是奇蹟。

第二天我打電話去通知阿海時間和地點，我可不想在辦公室裏談這些讓Elle聽光光，只好到外面打手機。

「地址要記下來哦，基隆市中正路……」我照著招待券上的地址念給他聽，「抱歉，約這麼遠的地方。」

「哪裏，我也很久沒去基隆了。」他愉快地說。

「那就到時候見了，掰……」

「對了，我昨天不是跟妳提到一個很白目的客戶嗎？他剛剛又來了，還……」

聽他的語氣，顯然打算再跟我聊上兩個鐘頭，問題是，我是打手機耶！

「抱歉，阿海，我們晚點再聊好嗎？我得掛電話了。」

「啊，不好意思，妳很忙吧？」

聽到他愧疚中帶著失望的聲音，我的心整個糾緊，哪裏說得出「手機費很貴」這種話。

「不是啦，我的手機有點問題，講三分鐘就會自動斷線，現在已經快三分鐘了……啊！」我驚呼一聲，速速把電話掛斷。雖然有點不好意思，但這也是不得已的。

我發誓，以後一定只能用市內電話打給他。

快步走向辦公室，離開太久科長會罵人的。忽然迎面來了個傢伙，像被人追殺似地在走廊上狂奔，我在千鈞一髮間閃開才沒被撞到骨折。然而還來不及開口罵那個冒失鬼，手上的招待券被他刮起的風吹動，居然飛走了。

天哪！為什麼我沒拿好？

我拔腿追了上去，跑得比那瘋子還快。只見招待券像長了翅膀一樣，在半空中東飄西飄，不管我再怎麼深情呼喚，它都拒絕回到我手中。好不容易它開始慢慢下墜，我心中大喜，準備迅雷不及掩耳地衝上去一把抓住它，誰知道招待券一個大迴旋，飛進了飲水機底下。

這該死的王八蛋招待券！

飲水機下方的縫隙還不到一根指頭寬，我根本搆不到招待券。我趴在地上，臉緊貼著地面朝縫隙裏吹氣，想把它吹出來，它就是不動。

我跑回辦公室拿了一支長尺，伸進飲水機底下拼命掏，只掏出一支髮夾跟一些廢物，招待券連個影子都沒有。我心裏著急，手上一用力，「啪嚓！」，尺斷了。我差點當場噴淚。

坐直身體，看到走廊上有很多人站得遠遠地對我指指點點，我才懶得理他們。上班時間不做事，看什麼熱鬧？神經病！

真是無語問蒼天，為什麼這種衰事會給我碰上？現在唯一的辦法，就是把飲水機移開。要移飲水機得找維修部的技工，要找他們可得有個正常理由才行。

等旁邊看熱鬧的人散了，我偷偷把水潑在飲水機底下，去向維修部主任報告飲水機漏水，費盡唇舌，才請動一位最年輕的技工小黃。

小黃年輕力壯，動作卻慢得像阿婆，看他用類似定格的動作旋開螺絲的德性，我都快窒息了。

「可可，妳在幹什麼？上個廁所半天不見人影，站在這邊納涼啊？科長在找妳耶。」

該死，被Elle撞見了。她看見小黃移開飲水機的水管，非常疑惑，「這是在做什麼？」

我沒好氣地回答：「這飲水機後面可能漏水，我在幫小黃檢查。」

「漏水關妳什麼事？」

我不理她，幫著小黃把飲水機抬離地面。在厚厚的灰塵裏，躺著我心愛的招待券。我興奮極了，正要伸手去撿，另一隻手卻在我面前把它拿走。

「看起來沒漏水嘛。」Elle讀著上面的字，「哦，餐廳免費招待券，不錯嘛。飲水機下面居然還有這麼好康的東西。」

「喂，等一下……」

她無視我淌血的心情，「小黃啊，你拆飲水機很辛苦，這張就歸你了。既然飲水機沒問題，麻煩你再把它裝回去吧。」居然就這樣把我的寶物交到小黃手上，回頭對我說：「妳也該回辦公室了吧？科長很生氣哦。」

「可是……」

「還是要我回去跟科長說妳不肯回去？」

好，算妳狠。等到我因為打擊過大悲憤而死的時候，絕對陰魂不散回來纏妳！

直到下午，我才找到機會再度溜出辦公室，去維修部找小黃。

「小黃，早上真是辛苦你了，還好沒真的漏水。」

他慢吞吞地回答：「是啊。」

「對了，你不是有拿到一張餐廳招待券嗎？我聽說啊，有的餐廳會故意把比較不新鮮的菜拿給用招待券的客人，結果客人吃壞肚子，醫藥費反而比飯錢貴。所以你去吃的時候一定要小心哦。」

運氣好的話，也許他會愛惜生命，把招待券讓給我。

「我知道，以前朋友就有人吃壞肚子。」

太好了，我中獎了！

「所以我把它扔了。」

幹！我糗了！

「你丟在哪裏？」

「就是飲水機旁邊的垃圾筒啊。」

我發瘋似地衝向飲水機，旁邊的垃圾筒卻是空的。一抬頭，我看見清潔阿姨推著推車遠去的身影。

「等一下！」

我追上她，她的推車上放著四個垃圾袋，每個都裝得滿滿地。

「阿姨，哪個是飲水機旁邊的垃圾？我有很重要的東西掉在裏面，借我找一下！」

伸手正要去解開垃圾袋，冷不妨阿姨一掌狠狠拍下來，痛死了。

「喂，我垃圾收得好好的，妳不要給我弄亂！」

「可是我真的有很重要的東西啊！」

「重要的東西為什麼自己不顧好？顧來顧去顧到垃圾筒裏，被清走是活該啦！快閃開，我還有整棟樓的垃圾要清，不要浪費我的時間。」

我握緊拳頭，為了拿回招待券，就算跟她大打一架也在所不惜。問題是這清潔阿姨雖然比我矮一點，噸位卻是我的一倍半，而且看起來力氣很大，要是真的跟她打，我鐵定沒有勝算。因此我放棄訴諸武力，而是運用我高超的外交技巧。

「這樣好了，妳讓我翻垃圾袋，我免費幫妳清一個禮拜的垃圾，怎麼樣？」

當我在臭氣薰天的垃圾中找到招待券的時候，我真的認為我應該改行去當談判專家。

＊＊＊

秘訣七：上館子前要先打聽餐廳員工的人品，否則就會遭遇天大的不幸。

火車票：單程41元，也就是說，我接下來一個禮拜，每天都得提早一個小時起床，走路

去上班。每天多洗一次澡的水費：約10元。存款結餘：122,583，不但沒增加反而減少。沒辦法，還沒到發薪日，只好撐著點。

坐在火車上，我還是很怕身上有臭味，幸好阿海似乎沒有聞到。過去一星期，天天跟垃圾袋為伍的日子，真是惡夢一場。

有同事問我為什麼要幫清潔阿姨倒垃圾，我回答是為了幫媽媽還願，該死的Elle居然去向科長建議，讓我連其他層樓的垃圾一起倒，好讓我加倍盡孝，該死的科長居然答應了！

直到現在，我還常常隱約聞到垃圾的味道。

幸好，一星期以來阿海天天跟我通電話，安慰了我受傷的心靈。

現在我跟阿海並肩坐在火車上，開心得像兩個出門遠足的小孩。天氣很好，我們聊得很開心，過去一星期的辛苦全部都是值得的。

阿海不小心掉了張名片在座位上，我們同時伸手去撿，他的手不經意疊到了我的手背上，我們連忙縮手。他彬彬有禮地向我道歉，我連忙搖頭叫他別介意。

接下來是一陣沉默。我心裏暗罵自己，這是在幹什麼？演青春校園偶像劇嗎？大方點主動去握他的手不就好了？

做了十次深呼吸壯膽，正要伸手過去時，阿海已經握住了我的手。他的手心又大又軟，而且很溫暖。他對我微笑，笑容就像棉花糖一樣，一絲一絲的甜蜜流遍我全身。

這個男人跟我真是太相配了！

在餐廳裏，趁著阿海翻菜單的時候，我提議：「聽說這家的德國豬腳不錯。」

「好啊，」阿海對服務生說：「我要一份德國豬腳套餐。」

「對不起，先生，」服務生一臉愧疚，「我們現在不賣德國豬腳了。」

這話就像十萬伏特閃電打在我頭上，我差點跳到半天高。「為什麼？」

「德國豬腳本來是我們大廚的招牌菜，昨天大廚被開除了，其他人都不會做這道菜。」

「怎麼這樣？我們可是大老遠跑來吃你們的招牌菜耶。叫你們老闆出來解釋！」

阿海阻止我，「不用這樣啦，點別的菜就是了。」

可是點別的菜就不能用招待券了啊！

結果阿海點了菲力牛排套餐，四百五十元，也就是說，有四百五十根針插在我心口，還得加服務費。

「妳要吃什麼？」他問我。

「我……我想一下。」所謂「六神無主」，就是這種感覺吧？

這時阿海的手機響了，他道了聲歉就走出去接電話，我趁機抓著服務生追問：「雖然沒有德國豬腳，這張招待券應該還可以用吧？可不可以換同樣價錢的餐？啊，直接用德國豬腳的四百二來抵菲力的四百五嘛，我再補你三十元。」

「對不起小姐，這張券只能換德國豬腳，不能換其他商品。妳看，在這裏，『萬一有突發狀況，不能提供德國豬腳時，本券作廢』。」

「問題是誰知道你們老闆會忽然開除大廚？還有，你們該不會是故意找藉口，不讓客人用這張券吧？」

服務生的笑容很奇怪，「天大的冤枉啊，小姐。我老實告訴妳吧，昨天我們老闆發現大廚跟老闆娘有一腿，大發脾氣，他說要是再看到大廚就要打死他。這種事我可編不出來。」

媽呀，這是什麼鬼餐廳，那個大廚就不能多忍一天再來拐別人老婆嗎？是有沒有這麼猴急啊！

我真笨，為什麼不在聽到沒有德國豬腳的那一刻，就拉著阿海走出去？到廟口吃個小吃，再怎麼樣也比這裏便宜啊！現在阿海都已經點菜了，我根本插翅難飛……

這下可好，我成了被網住的小鳥，救命啊！

阿海回到座位上，看到我淚流滿面，大吃一驚。

「妳怎麼了？」

我擦著眼淚，抽泣著說：「對不起，我剛剛忽然想到一件很傷心的事，一個不小心就哭出來了。」

「什麼事那麼難過？」

「我……我以前暗戀一個人，很喜歡很喜歡他，為了接近他，我像瘋子一樣到處跑來跑去，還大庭廣眾跪在地上，還說謊騙人，甚至幫人免費做了一個禮拜的清掃工作，但是當我好不容易向他表白的時候，他卻一口拒絕，連一點機會都不給我……」

真是鬼話連篇，但是才第一次約會，總得顧一下形象。況且我此時滿腔的悲憤，跟失戀實在沒什麼差別。

他握住我的手，輕輕摩挲著。「那男的真沒眼光，像妳這麼深情的女孩，我光用聽的就感動得不得了，他居然不知好歹。妳放心，我相信妳的下一個對象不會這樣對待妳的。」

我硬擠出笑容，「對不起，難得出來玩，我卻掃你的興。」

「這是什麼話，重要的是我今天是跟『妳』出來玩，當然要妳開心，我才會開心。」

這話真是悅耳動聽，可惜沒辦法憑空變出錢來。

阿海的牛排來了，噗滋噗滋地冒著熱氣，我們只得暫時分開，用餐巾擋著。熱氣竄進我眼中，眼淚又開始聚集。

阿海，你知道嗎？鐵板上的不是牛肉，是我的血肉啊！

「妳點的餐呢？」

我搖頭，「我吃不下。」未來一年我都吃不下了。

他輕歎一聲，切下一小塊肉，用叉子遞到我面前，「來，啊——」

「我真的不用。」

「一口而已，好不好？吃吃看嘛。啊——」

那活像在哄小孩的表情，讓他自己也顯得天真無邪，害我忍不住笑了出來，乖乖張口吞下那塊牛肉。

「好吃嗎？」

我點頭。自己的肉哪有不好吃的道理？

他笑了，又是一個俊美得讓我頭昏眼花的笑。我覺得好多了。

我們就這樣你一口我一口地分完那份牛排，痛苦的時間即將來臨，該買單了。我先起身去洗手間洗把臉，做好心理準備，否則可能會在付錢的那刻腦充血。

打開皮夾，再看那幾張鈔票最後一眼。五百元。我本來只打算帶招待券和車票錢，佳莉堅持要我多帶一點，免得發生緊急狀況，沒想到真給她說中了。

我抱著必死的決心回到座位，要求阿海先去外面等，他爽快地答應了。我付錢的時候一定是面目猙獰，可不能讓他看到。

桌上沒有帳單，我走向櫃枱，用顫抖的聲音告訴收銀員我要結帳。

她的回答讓我大吃一驚：「小姐，你們那桌的錢，剛剛那位先生已經付了。」

我茫然走出餐廳，對上阿海含笑的雙眼。

「你不用這樣呀，今天應該我請的。」

「開玩笑，怎麼可以讓正在傷心難過的女孩子付錢呢？當然是我付。」

我衝口說出：「可是這樣我就欠你兩餐了。」

他臉色暗了下來，苦笑一聲，「搞了半天，妳今天還真的只是為了還上次那餐才來的？那何必這麼辛苦跑來基隆？直接付飯錢給我就好了啊。」

「不是，我……我……」他那難過的表情真是讓人心痛，我急得說不出話來。

看到我慌張的模樣，他歎了口氣。

「不好意思，我講話太衝了。只是一想到妳到現在還是跟我這麼生疏，就覺得很不爽。自從那次護送妳出男廁以後，我就像瘋了一樣，動不動跑去你們大樓想再見妳一面，但是每次都落空，我以為我跟妳大概是沒有緣分。沒想到那天在飯店又見面，我真的很高興，想說這應該是命中註定，但事實好像不是這樣。如果妳跟我在一起不開心，連讓我請一頓都受不了的話，就請妳直說，我不會再浪費妳的時間了。」

我急著說：「不是，我真的很開心啊！只是……」腦中想到一句老話：「男女平等嘛，沒理由老讓你請客。」

「男女平等是很好，但是妳對我來說跟別的女人也不一樣啊。只要妳的眼淚能夠停住，妳就什麼也不欠我了，懂嗎？」

這時，我做了一件我一輩子也想不到的事：我湊上去吻了他。

五秒後，我紅著臉退開。「我好像太主動了哦？有沒有嚇到？」

「怎麼可能？我最喜歡主動的女孩子了。」他笑著說：「對了，我有幾個朋友約我下午去唱ＫＴＶ，妳也一起來吧？」

ＫＴＶ？很貴耶！而且是星期天！

「不好吧？我又不認識你朋友。」

他輕捏我的臉，「就是要向他們介紹妳呀！」

聽到這話，我什麼都顧不了。ＫＴＶ算什麼？Ｋ隆星我也去！

＊＊＊

看到那個大包廂，我頭皮都麻了。這一小時少說要七百吧？還要加清潔費、最低消費，根本是天文數字。才幾個人要這麼大包廂幹什麼？拿個擴音器到公園裏唱不是更好？

不過，那幾個人都很熱烈地歡迎我。

「哈囉，我是比比，終於見到妳了！」

「我是小原，阿海每天都在談妳哩。」

「我是古錐，大嫂好！」嘴巴還真甜，不過，現在叫大嫂也太快了吧？

阿海拿起一個抱枕丟過去，「你不要把人家嚇跑啦！」

古錐反駁，「幹嘛，叫幾聲大嫂有什麼關係，又不會少塊肉，也不用花錢，有什麼好怕的？大嫂，妳說是不是？」

我點頭，「沒錯沒錯，反正不花錢。」

全部的人大笑起來，比比大力拍手，「好，大嫂真爽快！」

阿海攬著我的肩膀，笑容比在場所有人加起來都要燦爛。要是把這張臉拍下來，應該可以賣不少錢——不行，這張笑臉是我的，幾百萬也不賣！

等等，我剛說什麼？幾百萬也不賣？

有生以來，我第一次被自己嚇到。

唱了整整五個鐘頭，我已經聲嘶力竭手腳發軟，加上喝了點酒，全身上下暖烘烘輕飄飄，快樂得像在雲端上飄浮，唱著我最愛的「強悍」樂團的歌，所有的煩惱都被拋到地球另一邊去了。

當服務生拿著帳單進來的的時候，我居然還爽快地伸手掏皮夾，等著他們算出每個人該付的份，心裏想著，一定很貴，不過沒關係，難得嘛！

然而下一秒，古錐的一句話讓我酒醒了。

「咦，這次是大嫂請客嗎？不愧是大嫂，跟海哥一樣大方。」

要我請客？為什麼？還有，什麼叫「跟阿海一樣大方」？

阿海把我的皮夾推回來，站起身說：「別傻了，當然是我請。」

我大概醉死了不少腦細胞，智商嚴重下降，完全無法理解這個狀況。

「你今天生日嗎？」我問阿海。

「當然不是。」

「那為什麼你要請客？」

比比說：「大嫂妳不知道啊？我們每次聚會，都是海哥付錢的。」

小原接下去說：「對呀，請客會讓他快樂。加上他今天帶了美女來放閃光，當然更應該請客了。」

接下來，所有人開始大聲歡呼：「海哥萬歲！萬萬歲！」

「少噁心了你們！」阿海嘴裏罵著，卻是滿面笑容地跟著服務生出了包廂。留下我坐在一群認識不到一天的陌生人當中，因為過度驚嚇而呆若木雞。

剛剛到底發生什麼事？是我在作夢嗎？還是我瘋了？

天底下居然會有每次聚會都請客的男人？而且我幾個鐘頭前還吻了他！

直到阿海付完帳，所有人走出ＫＴＶ的時候，我的震驚狀態還沒解除，其他人的瘋狂狀態也沒有解除。

「海哥，你情場得意，是不是該請大家吃晚餐啊？」

那個據說是我男朋友的人爽快地回答：「好啊！」

另一個比較有良心的人說：「不要啦，人家今天晚上要浪漫約會，帶我們一大群電燈泡幹嘛？散了吧！」

托這話的福，眾人總算互相道別，一個個離開，我終於有機會跟阿海問清楚。

「我不懂耶，為什麼每次聚會都是你請客？」

他聳肩，「這是我的習慣。小原不是說了嗎？請客會讓我快樂。」

快樂？我看你是吃了快樂丸吧！

「這樣不是很奇怪嗎？」我盡量輕鬆地說：「一般都是各付各的呀，再不然大家輪流請……」

他正色說：「沒這回事。誰敢跟我搶付錢，我就跟他翻臉。」

這時候，古錐走過來，神情有些愧疚。「抱歉，大嫂，打擾一下，跟海哥說句話。」

「什麼事？」

「呃，我跟你說，我這幾天車子改裝，換了個新引擎，那個聲音真是有夠讚，馬力也超強，你有空一定要來騎騎看。」

「那當然啦，怎麼可以放過你？」阿海笑得開懷，彷彿他才是車主。古錐繼續說下去，聲音就有些遲疑了。

「不過，改裝花了我不少錢，我最近手頭緊，尾款還沒付人家。」

「沒問題。」阿海伸手從皮夾裏拿了四張大鈔遞給他，「這樣夠不夠？我現在只有這些，不夠的話明天再來我公司拿。」

「夠了夠了，謝謝。」古錐一臉幸福的笑容，「等過幾天，我再連前幾次的份一起還哦。對了，這樣我總共是欠你多少？」

阿海手一揚，「不要講廢話了，快滾！」

看著古錐神清氣爽的背影，我覺得我的頭快要炸了。

「你，你就這樣把所有的錢給他？」

「不是所有。」阿海拿起皮夾搖一搖，讓我聽銅板敲擊的聲音，「我還有錢坐車回家呢。放心，我會先送妳回去的。」

「這，這不是重點……」我得先深呼吸幾口才不會心臟病發作，「我說，他是不是常常跟你借錢？」

「沒有常常啦，幾次而已。」

幾次？他都已經記不得欠錢的總數了！

「那他有還過你錢嗎？」

「好像有吧。管他的，他有錢自然會還我，沒錢就不用還了，我不在乎。」

「你呀，該不是跟錢有仇吧？」

我試著用開玩笑的語氣，來緩和我心裏的驚慌，沒想到他斬釘截鐵地回答我：「沒錯。」

「什麼？」怎麼可能會有人跟錢有仇？

他長歎一聲，「告訴妳吧，我十歲的時候，外公過世。他死前不久給了我舅舅一大筆錢，我媽認為那筆錢應該算遺產，要舅舅拿出來分。舅舅當然不肯，我媽就告舅舅，官司整整打了五年，把我媽搞得精神衰弱。好不容易官司贏了，我媽拿到了錢，但是接下來我爸跟她要錢做生意又起了衝突，結果他們兩個又開始鬧離婚。整整十年，我家裏烏煙瘴氣，到後來整個家都破碎了，全是因為我外公那筆錢。妳說我跟錢有沒有仇？」

「這個，見仁見智吧。問題不在錢，是處理的方式不好……」我趕快閉嘴，這種說法不就等於說他父母活該嗎？

阿海並沒有生氣，只是搖頭，「妳錯了。我爸媽原本都是老實又客氣的人，舅舅也很好相處。但是一碰到錢，他們全都瘋了。錢就是這種恐怖的東西，只要留在身邊超過三天，就會把人的腦袋扭曲掉。」

照這麼說來，我存錢存了十幾年，想必腦袋已經扭成麻花了吧？

「所以啊，我向來是一拿到薪水就趕快花掉，一毛都不留。不管是跟朋友吃吃喝喝也

好，出去玩也好，總之我絕對不留錢。」

太好了，我的新男友是個不存錢的男人。原來他身上那股讓我神魂顛倒的鈔票味道是這樣來的——因為他專門亂花錢！

我真想把自己眼睛挖出來。

「那你到月底不就很慘？」

「對啊，常常吃泡麵，有時候就會去朋友家討口飯吃。反正餓不死就好。」

「可是，可是，」我試著說服他，「你總得為將來打算啊。你要結婚生小孩，小孩要上學，上補習班，還要買房子，這些都要很多錢的。而且總得存點預備金，免得有急用。」

「放心吧，」他伸手環住我的腰，笑容清爽有如春日微風，「船到橋頭自然直。」

直你個頭啦！這個男人跟我真是太不相配了！

＊＊＊

秘訣八：慎選朋友，千萬不能跟不懂節約的人來往。

當佳莉聽完我的遭遇後，也是一臉不敢置信。「跟錢有仇？怎麼會有這種人？」平常向她發牢騷，總會讓我的心情變好一些，但是現在，聽著她重覆我的疑問，我只覺得更加煩燥。

「我剛剛就說了呀，因為他們家的家庭風波才搞成這樣。」

她嘖嘖稱奇，「學姐，我本來以為妳的觀念已經夠經典了，沒想到妳男朋友也不是普通人啊。」

呵呵，講得好像我跟阿海是異次元來的怪物一樣！

阿海暫且不論，他那群好朋友更是驚世奇葩。經過我一番打聽，才知道那個小原表面是名校博士生，踐得不得了，其實論文寫了七八年寫不出來，家人不肯再養他，只好三不五時跟朋友週轉。眼看著馬上就要入伍，N年的學費跟青春註定落空，未來前途無亮。

還有一個比比，從退伍以來平均一年換三個工作，不是志趣不合就是老闆不了解他，同事嫉妒他，總之全世界沒一個地方配得上他老人家，庸俗的鈔票更進不了他的眼。

至於那個嘴巴超甜，愛修車愛改車的古錐，呵呵，萬年失業中。

有這樣一群朋友，阿海怎麼可能守得住錢？

「妳打算怎麼辦？」

我深吸一口氣，「只有一個辦法：分手。」

幸好才剛在一起，不會受太大的傷害。

她瞪大了眼，「那樣很可惜耶，妳這麼喜歡他。」

我堅定地搖頭，「不可惜，我絕對不跟不存錢的男人在一起。」

「可是他對妳很好啊，還幫妳付錢。願意為妳花錢的男人，總比靠妳養的男人好吧？」

「那不叫對我好，他只是喜歡花錢而已。」我懊惱地說：「況且，隨便哪個人敲他竹槓，他都無所謂，這樣下去他早晚得靠我養的。」

佳莉擔憂地看了我一眼，「好吧，妳不後悔就好。」

後悔？我怎麼可能會後悔？跟一個每天迫不及待把錢灑出去的男人交往，我是絕對不會幸福的，而且他也不會理解我的節儉，到頭來只會兩個人都不幸而已。

我一定要跟阿海分手，絕對不後悔。絕不，絕不，絕不……

＊＊＊

「您撥的電話未開機，請稍候再撥……」

耳機裏又傳來熟悉的女聲，我放下電話，覺得腦袋快爆了。

下定決心分手之後，我打電話約阿海見面談一談。

在撥號之前，我做了充分的心理建設，一次又一次地告訴自己這樣做是對的，提醒自己不可以猶豫，不可以心軟改變主意。我還擬了草稿，塗塗改改好幾次，又不斷練習，才找到最恰當的措辭跟語氣，只希望能把對他的傷害降到最低。

我甚至領了錢，準備把前幾次他替我付的費用全還他。雖然很心痛，但是分手一定要把金錢往來算清楚，兩不相欠，才不會後患無窮，因此也顧不得心疼了。

一切準備齊全，只差一件：阿海哪去了？

第一次的通話，只聽到耳機裏嘈雜的人聲，和他漫不經心的回答：「抱歉，我這幾天很忙，改天吧。」接下來就音訊全無了。打手機不是轉語音就是未開機，打去辦公室也找不到人，就這樣過了整整兩個禮拜。

我先是一頭霧水，然後一個念頭像隕石擊中了我：我該不是被甩了吧？

不會吧？我們正式在一起才一天而已，他居然就變心了？怎麼可以這樣就搞失蹤？就算對我有什麼不滿也該直說呀，避不見面算什麼？把我純潔的少女心還給我！

手機響了，我心情正鬱悶，看也不看就接起來，「喂？」

「妳生氣了？」聽著這溫柔又帶著歉意的聲音，我差點整個人從椅子上彈起來。是阿海！

「嗨，好久不見！」

我裝出愉快的聲音，顯得非常虛偽，而且音量太大，引來Elle一記衛生眼，我當然不理她。

「不好意思，最近太忙，常常忘記開手機，剛剛才看到有那麼多未接來電。妳一定很生氣吧？」

「不會不會，我只是很擔心。」

笨蛋，幹嘛跟他說不生氣？我都快氣炸了！

「妳真好。」他溫柔的聲音輕敲我耳膜，真是人生最大的享受。「星期六中午有沒有空？我們去吃那家新開的義大利餐廳。」

「好啊，當然好！」我又興奮過度了，這回全辦公室的人都在看我。「到時候見嘍。」

放下電話，Elle諷刺地說：「真難得，我們可可小姐居然會滿面春風。談戀愛了對不對？恭喜恭喜。」

我漫不經心地「嗯」了一聲，逕自看我的文件。

「改天把那位幸運男士介紹給我們認識一下吧，大家同事那麼久，何必見外呢？不知道那位先生是不是也跟妳一樣節儉呢？搞不好他的領帶，就是跟妳上次那件T恤同一條床單改的呢！」

我還是不理她，邊哼歌邊打字。誰管她說什麼？我星期六要跟阿海見面了！

話說回來，見面就表示要分手了。唉，心事誰人知……

＊＊＊

為什麼，為什麼阿海一定要選這麼貴的餐廳？既然要跟他分手，今天我就得自己付餐費，很傷耶！

也罷，反正是最後一次了，留個回憶吧。

阿海不知道我悲壯的決心，仍然滿面春風。想到當我們道別時，他的笑容將會完全消失，我就心如刀割。

「這幾天真的很對不起，」他顯得很興奮，好像有個天大的消息想告訴我，卻得忍著不能太早說出來。「不過我已經準備了禮物，向妳表達歉意。」說著就遞給我一個包裝精美的大盒子。

苦啊，這種時候哪能收他的禮物？

「你真的不用這樣。」

「快開，快開。」他開心得像急著獻寶的小朋友，我更加無法拒絕。

拆開盒子，裏面是一台閃閃發光的Ｖ８攝影機。

「很棒吧？」他笑開了臉，「是最新型的。我一看到它就想，這個東西剛好可以用來拍我的可可。我本來那台被比比借去，乾脆就買台新的。」

這話的前半段讓我受寵若驚，後半段卻又讓我一顆心直往下沉。

「那你借人的那台怎麼辦？」

他聳肩，「比比每次說要還我都忘記，我看就當送他好了。反正才一萬多塊，功能也沒這台好。這台是跟動畫公司合作的，妳看，只要按這個鍵，畫面裏就會多出一顆加菲貓的頭。很酷吧？」

我戒慎恐懼地把攝影機放回盒子，免得被我顫抖的手摔碎在地上。

「才」一萬多塊？好好的一台攝影機，他就這麼隨便送人，然後再花更多錢買新的，只為了拍加菲貓的靈異影片？

一定要跟他說清楚，不然我的腦血管會變成噴泉！

「阿海，你聽我說……」

他拿起攝影機，打開電源，「現在就可以拍了，來，笑一個，發表感想吧。」

「拜託，現在不要拍好嗎？」

我怎麼可能對著他為我買的攝影機鏡頭，說出「我要分手」呢？

「喲，歷史鏡頭來了！妳看，有貴客！」

「阿海……」

這時，一個戴著鴨舌帽和太陽眼鏡的男士來到我們桌前，看來就是他說的「貴客」。我根本不認得這個人。

「兩位好，請問我可以坐下嗎？」

搞什麼啊！我忍著氣回答：「對不起，我們現在很忙……」

等等，這人的聲音怎麼好耳熟？還有，那副超炫的太陽眼鏡我好像在哪裏看過？

阿海的攝影機對著那男人，「歡迎，請坐！」

那男人笑了笑，摘下墨鏡。那一瞬間，我以為我要休克了。居然是「強悍」樂團的主唱阿倫，我最愛的歌手！

「妳就是可可小姐吧？果然跟海哥說的一樣可愛。我代表全團向妳問好。」

說真的，我超喜歡「強悍」，雖然沒買過他們的CD，無論任何時候任何地點，只要聽到他們的歌，我一定會站在原地把它聽完。有一次還因為在雜貨店裏站了太久，被店員逼著買東西，只好落荒而逃。

能見到阿倫，驚喜度簡直就跟中彩券頭獎一樣——不對，應該是四獎，但是他怎麼會在這裏？

我張大了嘴，很想大叫卻發不出聲音。阿倫把手指抵在唇上，噓了一聲，「拜託別尖叫，我是瞞著經紀人偷偷來的，要是被拍到就不好了。」

我連忙點頭，差點扭到脖子。

阿海笑著說：「這禮物怎麼樣？喜歡嗎？」

我好不容易找回說話能力，「你怎麼知道我喜歡『強悍』？」

「簡單啊，在KTV的時候，妳專點『強悍』的歌。」

啊，他真是觀察入微又貼心啊！

「那，你怎麼會請到……」

阿倫說：「可可小姐，妳男朋友很有心呢。整整兩個禮拜，天天跟著我們巡迴演唱，每次都排第一個進場，才找到機會跟我們說話。他說他好不容易找到理想的女孩，拜託我們幫忙給她一個驚喜。我要是不答應就不是人了，妳說是不是？」

我呆呆地看著阿海，幾乎不敢相信剛聽到的話。原來他失蹤兩個星期為的是這個？

「來，照過來照過來，海哥，失禮了。」阿倫一把摟住我肩膀，對著鏡頭說：「可可小姐，妳男朋友是個非常難得的好男人，請妳一定要好好珍惜他。我祝你們永浴愛河，接下來五十年，每次去KTV必點『強悍』的歌。來，換女主角發表感言。」

我哪有感言可以發表？一張口，眼淚就噴了出來。

「哎呀，感動得哭了。來，海哥，趕快拿手帕來。好吧，接下來是兩位的感性時間，我不打擾了，掰掰！」阿倫戴上墨鏡，跟之前一樣帥氣地離開了。

「嘿嘿，別哭嘛。」阿海手忙腳亂地幫我擦眼淚，「我是想讓妳高興，不是想讓妳哭欸。」

「我很高興啊……」這話用厚重的鼻音講出來，一點說服力也沒有。而且一擠出這話，我哭得更厲害了。

這麼好的男人，我怎麼會想跟他分手呢？真的是瘋了！

「好，妳先告訴我，喜不喜歡我的禮物？」看我邊擤鼻涕邊點頭，他滿意地笑了，對著鏡頭比手勢，「很好，任務圓滿達成，YA！」

我笑出聲來，拿餐巾丟他，「傻瓜！」

「對了，妳剛剛不是有話要跟我說嗎？」

「嗯。」我擦乾眼淚，「我是想說，我好喜歡你。」

非常，非常喜歡。

真情流露時間告一段落之後，我又想到現實問題。

「你請了兩個禮拜的假，一定積了很多工作吧？你盡管忙你的，不用擔心我，每天一通電話聊聊天就好了。」

他笑著搖頭，「我不是請假，我在休無薪假，還有一個多月呢。」

什麼？

他看我一臉震驚，聳聳肩。「景氣這麼差，沒人有心情買車，只好輪休了。」

「那你還買V8？還到處追樂團？現在大家不是都無薪假照常上班嗎？你不怕假放到最後連工作也沒了？」

「我才不做那種事，放假就放假，為什麼還要上班？工作沒了又怎樣，反正……」

「我知道，船到橋頭自然直，對吧？」我開始自暴自棄了。

「沒錯！凡事看開點，一定有活路走的。我一個同事就跟妳說的一樣，無薪假照樣上班還拼命加班，結果加了幾天就心律不整住院了，真是何苦呢？他那個人平常小氣得要命，一塊錢兩塊錢都要計較，把自己人緣弄壞了，住院也沒人要去看他。妳說他現在該跟誰去計較？所以啊，那種滿腦子惦記錢的人，真是全世界最悲哀最可笑的生物了。」

我的顏面神經已經全部斷線，只能擠出一個活像用洗衣夾夾出來的笑容，說出一句悲哀可笑的話。

「對呀，我也是這麼想。錢財乃身外之物，何苦被它綁死呢？」

阿海笑得非常開心，一把抓住我的手，「我就知道，妳果然跟我志同道合。我們真是天生一對啊！對了，妳身上有多少錢？」

「……一千塊。」那是為了跟他分手而準備的基金。

「OK，」他掏出皮夾數了數，「我有三千六，加起來四千六。」說著就把皮夾裏的錢全倒在桌上。

看著他熱切的眼神，我只好用最溫柔最深情的動作把我的一千元鈔票抽出來，輕輕地放在錢堆中。腦袋裏只有一個念頭：天哪，一千塊——！！！一千塊一千塊一千塊一千塊……

阿海當然沒聽到我腦海裏的回音，只是一把抓起所有的錢，「我們今天的任務，就是痛痛快快地玩，把這些錢全部花光，一毛不剩，妳說怎麼樣？」

我的血壓已經到頂，眼前金星亂冒，聲音也很微弱。「也，也不用一毛不剩吧？」

「我不是說了嗎？錢放在身邊只會增加煩惱，大方地把錢花出去，快樂才會進來啊。妳不想要快樂嗎？」

「想……」

「那就走吧！」也不給我時間打包剩菜，一馬當先就要衝出去。

「阿海，等一下，等一下！」

他被我急迫的叫聲嚇了一跳，回過頭來。「怎麼了？妳不喜歡我的計劃嗎？還是身體不舒服？」

「我，我……」

不管再怎麼努力，想說的話硬是卡在喉頭擠不出來。最後，我默默地從口袋中掏出一枚銅板。

「我還有五十塊。」

在那瞬間，我領悟到省錢的第九條秘訣，不，應該是不二法門才對。

秘訣九（黃金規則）：他X的絕對不要談戀愛！

車費：15元（往好處想，回程是用走的，至少省了車錢），午餐……我寫不下去了！現在的心情，只有我跟佳莉最喜歡的一句連續劇台詞可以形容：

停止吧！停止這場折磨吧！

我癱在床上，全身無力，骨節痠痛。這並不是因為一路走回家的關係，事實上，回程我幾乎沒走到路，都是阿海背我。只是我心靈的創傷不知該如何復原。

用那四千六百零五十元，我們一個下午趕了三場電影，去河濱公園騎車，還包計程車上陽明山看夜景，最後再去吃宵夜和溜冰。

老實說，真的很好玩。至少當阿海牽著我的手在冰上滑行的時候，讓我覺得自己成了童話王國的小公主。但是一脫下溜冰鞋，殘忍的現實就像山崩朝我倒過來。

本來事情沒那麼糟的。溜完冰後，我們都已經累壞了，必須打道回府，經費卻還剩一百元。我暗自高興，太好了，至少還有剩。

誰知我親愛的男友卻說：「不行，一定要把錢花完。我們去買彩券吧，至少可以做公益。」

我只好含淚去買了一張刮刮樂。拜託，把錢丟水裏至少有個聲音，買彩券根本就是平白送錢給人家嘛！

萬萬沒想到，我居然刮中了一千元。我樂壞了，我向來得獎運不佳，沒想到這回卻中了個安慰獎，看來今天還不算太差。

得獎太興奮，讓我忘了身邊這位男士的能耐。

「要命，居然得獎。這種東西是偏財，偏財比一般的錢更糟糕，留在身邊會惹禍的，這張彩券趕快捐出去吧。對了，直接還給小販呀。把錢花出去很快樂，跟人分享更快樂。」

快樂？我已經折壽好幾年了！但是我照例說不出口。

於是我只好用麻木的手，把得來不易的中獎彩券還給賣彩券的小販，然後掩面跑開。

現在，阿海回家了，佳莉睡了，全世界只剩下生不如死的我，和空空如也的錢包。我不敢打開它，太可怕了，就算裏面憑空冒出怪物來把我咬死也不奇怪。

唯一值得的安慰的地方是，雖然我的錢一去不回，至少明天還可以看到阿海。

說真的，道別不到一個小時，我已經開始想念他了，比想念我的錢還要想。

我的眼睛有點腫。在回家的路上，我趴在他背上流了幾滴淚，並不是因為心疼錢，而是我千不該萬不該，開口問他家人的近況。

本來想說要是能跟他家人混熟，解決那些糾紛，也許他的想法就不會這麼極端。誰知我得到一個讓我恨不得去跳海的答案。

「我媽去年過世了。她本來就有胃潰瘍，因為離婚的事情，病況更嚴重，看到我爸交了小女友，又賭氣不肯好好吃藥，結果變成胃癌，拖了一年多就走了。」

媽呀，真是有夠慘！

「那，你爸跟舅舅……」

「妳一定以為，媽媽都過世了，他們兩個總會反省一下吧？跟我一樣天真啊。告別式的時候，子女不是都要向母舅跪拜嗎？結果我爸跟舅舅只顧在靈堂前面大打出手，完全不理我。我一個人在那裏跪了十幾分鐘，連勸架的力氣都沒有。都鬧成這樣了還要勸什麼？」

光是腦中浮現這個畫面，我的眼淚就忍不住掉了下來。

這才叫做創傷啊！

為什麼阿海這麼溫柔的人要遇到這種事？太殘忍了！

「呃，妳在哭嗎？」他聽到我的哽咽聲，有點發慌。「不要哭啦，都已經過去了。我只是想讓妳知道我家裏的情況而已。重要的是，我大概沒辦法帶妳回去見我爸，有點對不起妳。自從我媽的葬禮以後，我就沒再跟他聯絡了。要說我不孝也行，但是他居然把他新交的那個女人帶去告別式！她還給我穿粉紅色的緊身洋裝，坐在靈堂後排，從頭到尾一直照鏡子補妝。我氣得差點把她踢出去。」

「……你說她年紀很小？」

「比我還小哩！瘦得跟排骨精一樣，妖里妖氣的。只是看到我爸分到一大筆錢，馬上就巴上來，一點羞恥心都沒有。真不知道我爸到底是哪根筋不對，看上那種女人。」

我輕歎一聲，很多女人就是這樣，愛錢又不肯好好工作，只想要減肥整容穿得妖嬌美麗，找張長期飯票。

雖然這也算是賺錢的方法，這種事我真的做不來。首先，整容打扮也是要花成本的，而且很貴。第二，我實在是太小氣了，不能忍受別人隨便碰我的東西，包括我的身體。

最重要的一點：我討厭有錢人。非常非常討厭。

每次看到一群名媛富少在揮霍炫富，我就一肚子火。錢是這樣花的嗎？我拼死拼活才賺到一點點的東西，他們不費吹灰之力就拿到一大把，居然拿來亂撒？去死啦！

要我去巴結這些人，門都沒有。

所以，還是每天翻存摺，看著存款數字一步步增加的生活比較適合我。

「所以你現在有個年紀比你小的後母？」

「沒有，她得厭食症死掉了。」

這……這就是不能用美色換金錢的理由啊！

所以呢，藉由親情力量改變阿海的如意算盤是鐵定行不通了。只是讓我更加下定決心，一定要好好安慰他，彌補他失去的溫暖。

我這輩子從來不曾像這樣，渴望為一個人做一點事情。

即便如此，今天的狀況絕對不能再發生。要是每次出去都要玩「把錢花光找快樂」的遊戲，我遲早會因為「快樂」過度而死。

是我眼花嗎？為什麼看到存摺上閃亮亮的「5,000,000」長了翅膀，越飛越遠？

如果我自己都一個頭兩個大，要怎麼安慰阿海呢？

更糟的是，萬一讓阿海發現我正是他最痛恨的那種「滿腦子想錢」的人，他一定會毫不猶豫甩掉我。這種長得帥肯花錢又懂得享受的帥哥，絕對有一堆女人虎視眈眈等著遞補我的位置，我可不能冒這個險。

之前還下定決心分手，現在我根本無法忍受失去阿海，連想一下都不行。光是想到他會用那種輕視不屑的眼神看我，就難受得像吞了幾千根針。

不行，絕對不行。不能告訴他事實。

腦中靈光一閃：幹嘛讓他知道我不愛花錢？我只要潛移默化，讓他知道不花錢也可以很開心不就得了？說到省錢的快樂，沒人比我更了解。等他體會這種快樂之後，自然而然就會改掉亂花錢的習慣了。

阿海不是說「跟人分享更快樂」嗎？我這也是分享呀，跟他分享我的吝嗇，不是，節儉。

我越想越得意，人在困境中的應變能力果然是無窮的啊！於是我跳下床，開始擬我的作戰計劃。

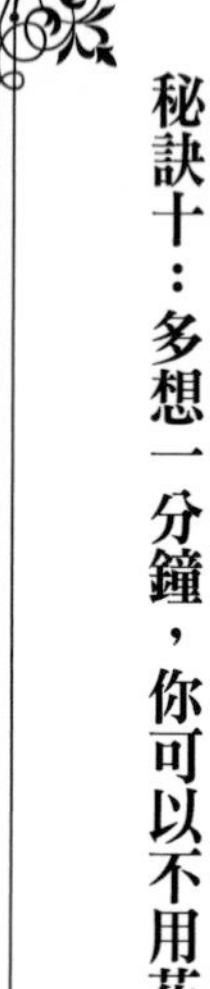

秘訣十：多想一分鐘，你可以不用花錢。

要改變一個人是很難的。第一要務就是知己知彼，百戰百勝。

我到古錐打工的機車行去找他，藉口是我不會用阿海買的攝影機，想向他請教。

「大嫂，不會用攝影機讓海哥教妳就好了，何必大老遠跑來找我呢？」他一臉自作聰明的奸笑，「妳是想來找我打探海哥的情報是吧？這個當然沒問題啦，海哥的大小事情我最清楚了。不過要是幫上忙了，我有沒有獎品啊？」

我忍住白他一眼的衝動，裝出一個連自己都嫌噁心的笑。

「那當然啦，不然我怎麼配當你大嫂呢？來，這點小小心意請笑納。」

我給他一個漂亮的紙盒，裏面是佳莉他們店裏賣的蛋糕。雖說已經過期了，這點小事他想必不會放在心上。

「哎呀，這怎麼好意思，今天有口福了。妳想問我什麼，儘管問。」

我還沒開口，他就搶著說：「不過我一定要先告訴妳，我們海哥對妳是真的很著迷，從他跟前女友分手以後我就沒看他這麼開心過了，所以呢，請妳一定要好好珍惜他。否則嘛，嘿嘿……」

嘿什麼嘿？否則他要取我的小命嗎？這種老掉牙的電影對白他也講得出口！

不過他倒是給了我個提示：前女友。這是不錯的切入點。

「我就是想問，阿海跟他前女友是怎麼分手的？」

「大嫂，妳不用在意她啦，她跟海哥早就完了。」

「我知道，我只是想了解一下當時發生什麼事。」

報紙上的兩性專欄都有說，要了解交往對象之前的歷史，才能更深入了解對方。

古錐冷笑一聲，「就是她看我們這群朋友不順眼啊。先是叫海哥不要跟我們來往，海哥不肯，她居然把我們幾個召集起來，命令我們以後不准再跟海哥借錢，還要把之前借的全部還他，才准跟海哥聯絡。」

做得好啊！這位前女友，雖然我不認識妳，但我在心裏給妳按一萬個讚！

不過這種直接了當的作法鐵定是不會成功的。

「呃，我想她大概不太了解你們的相處方式吧。」根本不可能了解！

「何止不太了解，她一點都不想了解。她跟海哥是大學班對，那又怎麼樣？我們跟海哥的歷史也很長啊。小原跟他是小時候的鄰居，我跟比比和他高中同校。畢業以後他跟小原到台北上大學，我跟比比來念重考班，乾脆就一起租房子。除了女朋友以外，我們什麼東西都是一起分享，彼此的夢想，志願，什麼都聊。出門也是四個人一起行動，有錢就大家一起花，根本沒有什麼誰借誰還的問題。這樣不分彼此過了四年，感情比親兄弟還好。除了小原以外，其他三個還同梯一起當兵，緣份多深啊？她憑什麼一上來就想破壞我們？」

我心中叫苦。太好了，還真是鐵打的友情，敗家四劍客啊！

「所以你們就叫阿海跟她分手？」一群拆散鴛鴦的兇手！惡鬼！

古錐表情有點不自在。「沒有啦，我們只是把事情告訴海哥，結果海哥就跟她大吵一架，沒多久那女的就搬走了。」

「那你們應該都鬆了一口氣吧？」

「哪有，說的好像我們存心破壞海哥的姻緣一樣……我們也只是希望海哥跟她好好溝通而已，畢竟我們跟她不熟，也不能說她什麼。」他歎了口氣，「其實我還蠻愧疚的，因為分手以後海哥鬱悶了好久。就算不是故意的，總覺得是我們害了他。可是那個女的那麼顧人怨，海哥跟她分手應該也不算壞事吧？」

好壞不是你決定的！我在心裏吐槽。但是他臉上寫滿了心虛，顯然連自己都不確定自己說的對不對，我也沒必要再嗆他了。

「大嫂，妳該不會也覺得我們這群朋友很礙眼吧？我們已經記取上次的教訓，努力不當電燈泡了欸。」

「怎麼會呢？」我虛假地笑著，「我好羨慕你們，感情這麼好。所以你們現在也是不分彼此，有錢大家花嘍？」

這話當然是明知故問，只是要看看他還剩多少良心。

果然，他的表情更加不自在。

「呃，理論上是這樣啦。不過，現在海哥工作比較穩定，福利也不錯，所以他都很體諒我們三個，不但聚會不准我們出錢。我們有困難的時候也會二話不說幫忙。我只要有能力就會盡量還錢，不過我手頭向來很緊，海哥知道我有誠意，從來不催我，我很感謝他。」

好有誠意哦，還一千再追借兩千！因為阿海工作穩定，他就活該養三個米蟲嗎？全世界一定沒有第二個女人會像我這樣，由衷同情自己男友的前女友。談個戀愛還得跟這群人鬥法，真是太悲慘了！

話說回來，她現在跟阿海分手，嫁給公司的青年才俊，幸福得不得了，反而是我陷在這灘渾水裏。真正悲慘的是我啊！

雖然困難重重，我發現自己的鬥志熊熊地燃燒了起來。一來我已經下定決心要陪在阿海身邊，二來我不能再容忍這群損友一再破壞阿海的錢包跟感情。我一定要拯救他！

不管是見錢眼開的爸媽還是愛打架的舅舅或是厭食症的無緣後母還有這群米蟲哥兒們，通通放馬過來吧，我隨時候教！

***

當阿海約我去吃網路上推薦的德國餐廳時，我差點衝口說出：「再這樣吃下去，我只會得德國麻疹！」

我當然沒這麼笨，只是用最甜美的笑容建議他換換口味，星期六到我家來，讓我下廚做菜給他吃，他欣然同意。我高興得快要飛上天，這回終於可以來個省錢的約會了！

我問他喜歡吃什麼菜，他毫不猶豫地回答：「只要是妳煮的我都愛吃。」

很貼心，可惜沒什麼用處。我要他給我一點提示，他卻說：「這樣我就沒有驚喜了。」

好吧，驚喜就驚喜，別變成驚嚇就好了。

其實要自己做菜也很傷腦筋。自從家裏帶來的電鍋壞掉之後，我就不再開伙了。買新電鍋要花一大筆錢，加上洗米洗菜的水費，煮飯炒菜的瓦斯費和電費，還要買調味料，一點也不划算。反正佳莉從不在家吃飯，還會常常帶麵包給我，根本沒必要自己下廚。如果沒有麵包，我就去巷口的麵店點一碗炒麵，方便得很。

所以這回的菜單就很麻煩了。阿海每次都帶我吃大餐，我要是讓他吃稀飯配肉鬆，不當場被發卡才怪。可是我也不會煮太豪華的菜，況且要是太豪華就失去我的本意了。

在書店翻了一下午的食譜，我終於決定我的菜色——壽司。它有幾個好處：材料常見又便宜、作法簡單、容易吃飽、而且只要排得漂漂亮亮，看起來就很體面，不會有寒酸的感覺。

佳莉聽到我的計劃，也非常贊成。

「這樣很聰明，既可省錢，也不會讓他覺得妳很小氣。對了，星期五晚上店裏如果有賣剩的NG蛋糕，我也可以幫妳帶回來哦。」

我想了一下，現在NG蛋糕都很搶手，可能不會有剩，如果讓她特意幫我留又不太好意思。不過倒是可以變通一下。

「蛋糕不用了，不過妳可以帶麵包皮回來嗎？」

她驚恐地看著我，「妳要讓他吃麵包皮？不好吧？」

「為什麼？到鍋裏煎一煎再灑砂糖就是甜點了呀。」

她再度露出佩服的表情，「學姐，妳真的好厲害哦！」

呵呵，這話真是一點也沒錯啊！

星期四，我花了三個小時把家裏打掃好，列出了我需要的材料：

白飯：兩百公克

海苔片：一包

雞蛋：兩個

小黃瓜：一條

鮪魚罐頭：一罐

總共預算是兩百元，雖然比平常的花費多很多，為了在錢包跟阿海之間找到平衡，也只好撩下去了。

這些東西都可以很輕易地在一個晚上之內買齊，我對天發誓，絕對不能超支！

星期五下班後，我趕去黃昏市場買了一條小黃瓜，再到超市買海苔片和罐頭。一包海苔片居然要五十元，真是敲詐！

走過一排放著杯湯的貨架，我才想到我忘記準備湯。總不能讓阿海吃壽司配白開水吧？一般壽司都是配味噌湯，可是要我再花錢去買味噌、豆腐跟海帶，等於是要我的命，要是買來吃不完放到壞掉，就等於要我死第二次。所以我忍痛買了一包湯包，回去加水煮一煮就行。

兩百塊的預算已經去了大半，我忽然有些不安。總不會連做個壽司都讓我荷包大失血吧？

拿出購物清單檢查，還好，只差蛋跟白飯了。超市的蛋都是整盒賣的，但是我只需要兩個；我更不可能為了吃一頓壽司而買整包的白米。幸好，我知道去哪裏弄這兩樣東西。

＊＊＊

母校離我的住處要花半小時的車程，還有來回三十塊的車錢，實在是很傷，所以我很少回來。但是現在，它對我有個天大的好處：自助餐廳的白飯是免費的。

踏進校門，深深的懷念湧上心頭。啊，學術的殿堂，揮灑青春的園地，還有免費的白飯。美好的學生時代啊！

用餐時間快結束了，餐廳裏已經沒什麼人，菜也快夾完了。不過我並不在意，因為正如我所料，我要的東西剩最多：蔥花煎蛋，而且牆邊的大鍋白飯也在向我招手。

我夾了兩大塊煎蛋，回去切一切就可以包在壽司裏了，然後我快樂地到櫃枱結帳。

小姐問我：「要白飯嗎？」

「要。」我回答，一面找尋裝白飯的塑膠袋。

「白飯一碗十元哦。」

我一時不敢相信我的耳朵。什麼？十元？

「可是，以前不是都免費嗎？」

「現在改了，論碗計價。」

我這才看見鍋子上方貼著一張條子：「白飯每碗十元，請向櫃枱索取紙碗。」

我全身痲木，現在白飯居然要收錢？太過份了，居然剝削貧窮的學生！而且我好不容易回學校一趟，就不能給校友一點優惠嗎？

怎麼辦？都大老遠跑來這裏了，總不能只帶著煎蛋回去吧？而且我還能去哪裏找白飯？但是，一碗十元欸，簡直是搶劫！他們的碗那麼小，哪夠我跟阿海吃？

「同學，同學，」收費小姐的聲音喚回我的神智，「妳要飯嗎？」

我深吸一口氣，做下艱難的決定，「好，我要飯。」

掏出十元，我帶著那個小得可憐的紙碗過去盛飯。帶著滿腹心酸，我盡我最大的努力把飯往碗裏壓，壓得密密實實。開玩笑，要我花錢買飯已經很嘔了，我可不想付錢買碗裏的空氣。碗裝滿了，裏面的飯還不夠阿海一口。我繼續把飯往上堆，怎麼可以讓那麼高大的男人挨餓呢？太不人道了！

碗越來越滿，白飯被我堆得尖尖地像座小山，我忽然一陣衝動，想看看到底能堆多高，仍然不停地挖飯，小心翼翼壓在白飯山上。當我終於再也堆不上去的時候，白飯已經高出碗口將近二十公分，捧在手上跟寶塔一樣。我滿意地欣賞我的傑作，真是漂亮！

我捧著碗走向餐枱，小心地護著免得被碰倒。旁邊的人，包括櫃枱小姐都目瞪口呆地看著我，這是很正常的，他們一定沒看過這麼完美的白飯寶塔。

我抽了一個塑膠袋把飯和煎蛋裝進去，這時剛才收費的小姐跑過來。

「同學，妳的飯還要再付錢。」

我毫不客氣地瞪她，「為什麼？我已經付了一碗的錢了，而且我也只盛一碗。」

「妳是只用一個碗沒錯，可是妳的飯量根本不只一碗。」

「我是大胃王啊，我的一碗就是這麼多，你們自己說論碗計價，怎麼可以耍賴？怎樣，你們歧視胃口大的人？」

「妳根本就是故意的，平常人才不會像妳這樣盛飯！」

我哼了一聲，「別人盛飯技術沒有我好，關我什麼事？不服的話，你們改用稱重計價不就得了？」

她一時接不出話，我也不再理她，大步走出餐廳。

雖然跟計劃不太一樣，總算是把東西都買齊了，而且預算還剩五塊，真是可喜可賀。現在就可以回家包壽司，然後弄甜點。

等等，甜點！我這才想起，家裏沒有糖。

我呻吟了一聲，還有得忙呢！

＊＊＊

當我回到家的時候，全身都像要散掉一樣，腳腫得跟象一樣大。

佳莉原本舒舒服服地坐在沙發上看電視，一看到我這副慘狀，立刻跳起來。

「學姐，妳怎麼了？發生什麼事？」

為了張羅做甜點用的砂糖，我到連鎖咖啡店的自助區去拿糖包，又不敢拿太多，一家只能拿兩包。足足跑了三條街才湊到三十包糖，腳都快走斷了。

佳莉看著我辛苦奮鬥的成果，非常嘉許地點頭，「嗯，這些糖不但可以做甜點，做醋飯也綽綽有餘呢。」

醋飯？醋飯？這個字眼頓時打開我腦中的警鈴開關，我慘叫一聲：「我忘記買醋了！」

滿腦子只想著拿免費白飯，然後又忙著拿糖包，居然把最重要的醋給忘了。路上我還經過好幾家廉價商店，也沒想到要買醋。現在再出去買的話，又要花車錢，我的腳根本抬不動，而且現在時間已經九點半了。雖說路口的便利超商也有賣，但是價錢比超市貴至少二十塊。

眼淚湧進我的眼眶，我快瘋了！

「學姐，不要哭嘛，」佳莉急著安慰我，「忘記買醋沒什麼呀。如果妳不想去便利商店，那我載妳去量販店好了。」

「不是啦。」我抽泣著，「為什麼我就是這麼不順？花了兩百塊，連一頓飯都搞不定！再這樣下去，我一輩子也存不到五百萬了！」

她顯得很困惑，「學姐，我不懂耶。幫男朋友作飯應該是很快樂的呀，為什麼妳一副很痛苦的樣子？難道妳不愛他嗎？」

我呆了一下。我不愛阿海？開什麼玩笑！我為了作飯給他吃，花了那麼多錢，還走那麼多路，當然愛他呀！我只是努力實行我的節約計劃，壓力有點大而已。

「哪有，我也是很快樂的，但是總不能為了快樂就浪費錢啊。」

「買醋哪叫浪費錢？妳不是希望以後都在家裏吃，不要出去花錢？那本來就要買調味料。」

這話卸下了我心頭一塊大石。「對哦，我只要多煮幾餐，買醋的錢就回本了。」

「沒錯，」她點頭，「這不是亂花錢，是合理的投資。」

「對！」我精神大振，「投資也是理財的一種！」

「所以就不要顧忌，快快樂樂地去買吧！」

「好！」我站起身來準備出發。

「順便把沙拉油、醬油跟所有調味料一起買齊吧！」

「好……呃，」我小聲地說：「今天還是先買醋就好了。」

＊＊＊

材料買齊後，我才真正體會佳莉說的「為男朋友作菜很快樂」。把壽司一條條捲好切開，排成美麗的圖案，只要一想到阿海看到這些壽司的表情，心裏就暖洋洋。

我一直忙到半夜一點才完工，仍是一點也不累，又把客廳掃了兩遍。

第二天，佳莉早早就出門了，我本來想介紹她跟阿海認識，但她已經有約了。她們麵包店的師傅在追她，看她的模樣似乎也很心動。

我替她高興，也替我自己高興，因為這就表示我又可以吃到很多免費麵包了。

十一點半，電鈴響了，我高高興興地開了樓下大門，卻有兩個人出現在公寓門口。一個是阿海，另一個是古錐，兩人手上都是大包小包。

阿海解釋，「因為東西太多，我拜託古錐幫我拿，不然會打破。」

「這些是什麼？」

古錐笑著說：「海哥一聽到大嫂要下廚，馬上跑去買了一堆餐具呢，都是最高級的哦。」

「餐具我有啊！」

阿海拆著盒子的包裝，說：「開玩笑，這是妳為我做的菜，當然要用高級餐具才配得上啊。妳看看，喜不喜歡？」

他買的是全套白磁餐具，碗盤、湯匙、茶壺茶杯，全是一個不小心就會摔破，順便連心臟一起粉碎的東西。我每次在店裏看到這些東西，一定是退避三舍免得有個萬一，現在居然要放在自己家裏？

「還有，這包是餐巾紙。」

我盯著包裝上的標價，這是絲巾的價錢吧？而且它長得還真像絲巾，染得五顏六色，還畫著艾菲爾鐵塔。

餐巾紙這種東西本來就很詭異，擦嘴用路邊發的面紙就行了，為什麼還要專程買餐巾紙？而且是畫著艾菲爾鐵塔的餐巾紙。誰會用艾菲爾鐵塔擦嘴啊！

「對了，還有這個。」阿海從紙袋裏陸續拿出一堆東西，「這是品酒雜誌特別推薦的葡萄酒，限量的，我好不容易才買到。這些是杯子。」

他把那些形狀各異的玻璃杯排在桌上，閃亮得我眼睛都花了。

「要注意哦，這個是紅酒用的，這個是白酒，這個是葡萄酒，不能弄錯，酒杯的選擇是有學問的。」

什麼學問？我神智不清地想著：用錯的酒杯喝酒會中毒嗎？

「好啦，我該走了。」古錐說：「不打擾兩位的甜蜜午餐了。」

這話還動聽些，我只準備了兩人份的壽司跟湯。

「今天謝謝你嘍。」阿海從皮夾中掏出一張紙鈔塞給他，「你也去好好吃一頓吧，大哥請客。」

五百塊。這位先生，你女朋友拼死拼活，用兩百塊作飯給你吃，只為了幫你省錢，你老兄一出手就給朋友五百塊！早知道還不如拿那五百塊去吃德國料理！

聊可堪慰的是，他真的很喜歡我的壽司，讚不絕口。以後一定要常找他來家裏吃飯，餐具跟醋都買了，得值回票價才行。我盯著桌邊揉成一團的餐巾紙，心裏猜測著能不能拿來洗乾淨再重覆使用。

「我剛剛就想說了，」他望著落地窗，「妳們的窗簾很特別。」

一提到我的大作，我就非常得意。「那是我用毛巾縫的哦！」

看著他驚訝的表情，我心裏大叫糟糕。白痴啊，這不就擺明著告訴他我連窗簾都捨不得買嗎？他絕對會鄙視我的！

「哦，我沒跟你說過嗎？我很喜歡自己動手做。縫縫補補很好玩，而且毛巾比較好清洗又吸水。你不覺得這裏濕氣有點重嗎？」

他一臉感動，「沒想到妳這麼多才多藝，佩服佩服。」

「謝謝！」我笑得合不攏嘴，「你想要什麼東西也可以告訴我，我幫你做。」總之不要去店裏買就行了。

他含情脈脈地看著我，「老實說，我現在什麼都不缺。倒是妳缺了一樣很重要的東西。」

帶著一臉做了聰明事的得意表情，他又遞給我一個盒子。我實在是怕死了這個動作。

盒子裏的是——手機。

「妳的手機不是講三分鐘就會斷線嗎？早該換一支了，這樣我們才能愛聊多久就聊多久。」

我鄭重考慮把我的嘴縫起來，禍從口出啊！

話說回來，用市話到底有什麼不好？

「妳看，我自己也買了一支同型的。妳是紅色，我是藍色，很配吧？」

我用麻木的舌頭問：「你的手機也壞了？」

「沒有。不過這支有附帶防蚊的功能，本來那支沒有，我就順便換新了。」

「你沒有防蚊液嗎？」

他爽快地回答：「不需要，我其實不常被叮。但是手機就是要用最新的功能才炫嘛。」

我受不了了！不能再這樣下去！

輕輕地把盒子推還給他，「對不起，我不能收。」

「為什麼？」

我在腦中發瘋似地搜尋最不傷人的理由，找得腦袋都快燒起來了。

「因為，本來那支手機，我媽拿到廟裏幫我加持過，可以幫我消災解厄，因為我那陣子運氣很差。師父說，一定要用到完全不能開機才能換，不然就會大難臨頭。我現在只是會斷線，還是可以用，所以不能換新手機。還是麻煩你退回去吧，很對不起。」

阿海原本開心的表情整個黯淡了下來，簡直就像我當頭給了他一巴掌。我心裏好痛，卻還是盯著桌面，堅持不去看他的臉。不行，絕對不可以動搖。

難捱的沉默維持了好幾分鐘，他終於開口了。

「是我不好，沒有問清楚就自作主張。總不能強迫妳把開運手機換掉吧？但是我實在不想退貨，這樣對店老闆很不好意思。妳要不要拿去送朋友還是親戚？」

我連忙說：「不用了，我拿去退就好。」

退錢，這工作我在行啊！

＊＊＊

秘訣十一：退貨是比殺價更艱鉅的任務，必須拿出非常的毅力和非常的手段。翻成白話就是：死皮賴臉。

當通訊行的老闆聽到我要退貨時，反應非常老套。

「小姐，我們只能換貨，不能退，而且妳這支手機已經買了超過七天，不能換的。」

「可是人家送我的時候就已經超過七天了，這不是我的問題呀。我連拆都沒拆，是全新的，你收回去應該沒損失吧？」

他給我一個敷衍的笑容，「不好意思，這是規定。」

「我知道，可是規定總有例外吧？我這是非常特殊的情形，你要是不肯破例的話會很慘的！」

「什麼特殊情形？」

我早就準備好了答案，這可是我昨晚一夜沒睡才想出來的呢。

「這支手機跟我家犯沖。」

「嗄？」老闆的表情很明顯地在說：妳是白痴嗎？

「我知道你不相信，但是是真的！」我端出我最誠懇的表情，眼中泛著淚光，「我拿到手機的當天，我表舅公就心臟病過世，我姑姑的皮包被扒走，繳房貸的錢全沒了；第二天我哥哥又被女朋友拋棄，我媽扭到腳，我弟在軍隊裏被傳染到肺炎，現在還在住院。我覺得很邪門就跑去算命，師父說是因為這支手機的關係，你看這邊。」

我指向手機盒子側邊的一排號碼，「手機序號最後面是３３３，這是我家的不幸數字，一碰到就會出事，所以我絕對不能收這支手機！」

「小姐，妳也太會編故事了吧？」

「什麼話！你不相信我是不是？好，我去把我表舅公的死亡證明跟我弟弟的住院證明一起拿來給你看！」

「不用了，就算妳拿這些東西來，我也不能給妳退。妳要是不喜歡這支手機就自己上網賣掉吧，請不要為難我。」

笑話，上網拍賣還得付上架費哩！

「開玩笑，這東西在我身邊多放一分鐘都不行啊！」

「那就不是我的問題了。」

「不是你的問題？你是說我的死活不關你事嗎？你只需要把本來就屬於你的東西再收回去，就可以救我一命，而且你還可以再賣出去，一點損失都沒有，你居然不肯！你要眼巴巴看我出事嗎？我知道做生意的人都很現實，你也太狠心了吧！」我努力動之以情，「要是我自己出事就算了，我還可以去那邊孝順我表舅公，萬一我帶塞害到我家人怎麼辦？我媽的石膏還沒拆呢，她年紀大了不能再摔一次了！」

「這樣啊？那妳可以把手機拿去廟裏驅邪，我認識一個很靈的神壇壇主，要不要介紹給妳？」

喂，你聽到我家裏遭遇那麼多不幸，還真的一點反應都沒有啊！不怕遭天罰嗎？

不管，我一定要拿出女人的氣魄，徹底解決這件事。

「好，原來你真這麼無情，沒關係。這樣吧，只要你讓我退錢，我介紹個正妹給你。」

介紹Elle給他，保證他很快就會嘗到求別人退錢的滋味。

「不用，我有女朋友了。」

哈！最好是啦！這麼機車的男人怎麼可能交到女朋友？

「那我幫你介紹幾個客戶怎麼樣？我保證會推薦很多朋友來跟你買。」

「妳自己都不用我的東西，別人怎麼會相信妳的推薦？」

哇咧，這傢伙比我還會掰哩！不，我絕不認輸！

女人最大的武器就是——眼淚。

我根本不用裝哭，只要一看手機盒上的標價，眼淚自然就噴出來。

「老闆，我老實告訴你吧，這是我男朋友送我的禮物，我是寧可餓死也絕對不賣的。但是我姐姐Elle，她欠太多錢被地下錢莊押走，他們說不付錢就要推她進火坑。我已經把存款全領出來了還是不夠，本來想跟公司預支薪水，可是公司最近正在裁員，要是真開口只會丟工作，所以我只好把手機拿來退。我現在心裏像刀割一樣啊！」

不等他開口，我火速往地上一跪，「老闆我求你，讓我退錢吧！我姐姐已經快四十歲了，她受不了這種折磨啊！我早叫她不要買那麼貴的表了，嗚嗚嗚……」

「小姐小姐，妳不要這樣，我還要做生意呢！」

很好，這招終於打中他死穴了。

我放聲大哭，旁邊圍觀的人越來越多，老闆看起來心臟病快發作了。

「好好，我讓妳退，妳起來。」他咬牙切齒地說：「不過只能退七成。」

照我的習慣，買超過一百元的東西一定要殺價，但是根據經驗，當老闆已經快氣瘋的時候千萬不能得寸進尺，免得弄巧成拙。像我陪我哥買電腦那次，就因為殺價殺過頭，搞得老闆氣喘發作，不但沒砍到價錢還得多付慰問金，超級划不來。

「原價一萬三千五百九十八，七成是九千五百十八。」

我可憐兮兮地說：「九千五百二十好不好？」

「妳連兩塊錢都要爭？」

「湊整數比較吉利呀……」

老闆可能是昨晚睡眠不足，因為他的臉抽筋很嚴重。

＊＊＊

拿著現金走出商場，我的腳步輕盈得快要飛起來了。我不但成功退貨，還多殺了兩塊錢，真是太痛快了！

不行不行，不能太放鬆，口袋裏裝著這筆鉅款，還是別得意忘形的好，得想想下一步。這筆錢怎麼辦呢？阿海不會希望我還他的，他只會認為是送出去的瘟神又回來了，然後加倍努力把它花掉。還是我來保管，等他真的缺錢的時候再給他。像他那種花錢法，很快就會需要這筆錢了。

越想越得意，我真是聰明啊！

但是不知道為什麼，我的好心情逐漸消失，心口好像卡著大石頭，一直在警告我，我失去了很重要的東西。

怎麼可能？我拿了那麼多錢耶！光是想像那些鈔票躺在皮夾裏的模樣，還有滿滿的皮夾拿在手上的充實感，就讓我心裏充滿陽光——

好空虛啊！

到底是為什麼呢？

公車照例是開動沒兩分鐘就堵在路上，我倒不怎麼在乎，只是望著窗外發呆。這時前座兩個女人的對話傳進我耳中。

「真是笨，我都暗示過好幾遍我喜歡那條項鍊了，他還不曉得要買下來送我當生日禮物，居然要我自己開口！」

「唉，他肯送妳就不錯了，我結婚到現在，老公連張面紙都沒送過我呢！」

「這些男人真是沒良心！就不能多花點心思在我們身上嗎？」

「算了啦。除非是非常非常愛妳的男人，否則是不可能時時刻刻想著妳的需要的。這也是人之常情啊。」

我胸口彷彿被重重敲了一槌，阿海失望的表情再度浮現我面前。

我只是隨口說了句「手機講超過三分鐘會斷線」，他就自動買了手機送我。當他把禮物交給我的時候，興奮得像個孩子一樣。

他並不只是因為愛花錢才送我的，是真的想讓我開心。

他真的很愛我，我卻一口回絕他的好意……

我跳起來，用力按下車鈴，司機一臉百無聊賴地開了車門。該死，離站還不到十公尺，車資應該打折才對！

不過現在不是想這些的時候，再晚一點，那台手機可能就被別人買走了。我一路狂奔衝回商場，到達手機店的時候，差點腦缺氧而死。

「老闆……老闆……」我喘得快昏倒了，「對不起……我剛接到我姐電話，原來那是詐騙，她沒有被綁架。我把她臭罵了一頓，居然讓我這麼擔心，還給老闆你添麻煩，真是太不應該了。不管怎麼樣，她沒事就好了。」我一把抓住他的手，「這都是託您的福啊，太感謝您了！所以剛剛那支手機我要買回來。」

老闆用那雙快凸出來的眼珠狠狠瞪著我，用最快速度把手機盒子朝我一扔，顯然希望我快點消失。我忍著心痛把九千五百十八元退給他。

他冷冷地說：「還有兩塊錢。」

討厭！虧我這麼感激他！

＊＊＊

秘訣十二：勸阻心愛的人亂花錢，是件非常神聖的使命，逼不得已的時候，就利用自己的身體吧！

水費：250元，電費：300元，自己下廚水電費就會增加，這也沒辦法。通話費：3,000元，都可以再買一支手機了，呵呵呵……房租：6,500元。實在應該再找個上晚班的人來分租，白天空著太可惜了。存款總額：139,255元，薪水進來了，但是這個月沒存到兩萬，真是傷心。距離目標：4,860,745元。真的是比火星還遙遠啊……

當我告訴阿海，我把新手機也拿去廟裏加持過，以後可以放心使用的時候，他很開心，笑容快把我的心也融化掉了。可是接下來他又跑去買了配套的限量手機袋、手機吊飾和手機座，甚至還有專用的手機喇叭，讓我的心臟又凍結了兩天。

不過，到了月底我心情就變好了。因為阿海手中的鈔票已經全員陣亡，沒辦法再血拼。最近幾天我們都是留在家裏，由我下廚，然後就一起看影片。

我買齊了各種調味料，還有一包米和一個電鍋；另外再用三寸不爛之舌，說服老哥把用了兩年的電視用四折賣給我。現在不是心疼這些開銷的時候，正如佳莉所說，這是必要的投資。

我正式介紹阿海跟佳莉認識，阿海對佳莉很友善，卻不過分裝熟。這樣很好，我最受不了那種對每個女人都很溫柔的男人。

會面之後，佳莉很肯定地向我保證，這個男人百分之百為我痴迷，我是很幸福的。

最令人振奮的是，趁著阿海放無薪假，正好可以培養他節儉的觀念。等他習慣家常小菜和溫馨的兩人時光後，就算回去上班也不會再亂花錢了。真方便，感謝無薪假！

這天的午餐時間，正當我們在討論下午看什麼片子的時候，阿海的手機接到簡訊。他打開看了看，又關上手機繼續吃飯。

我問：「垃圾簡訊？」

「不是，公司的通知。無薪假結束，明天回去上班。」

「啥？」我差點打翻碗，「為什麼？」

白痴，什麼「為什麼」，無薪假結束是好事，應該高興啊！可是……

阿海聳肩，「公司另外開了一條產品線，不賣高級房車，改賣流動攤販車，生意很好，所以需要人手。」

「真的？」當流動攤販不曉得好不好賺。

「對啊，聽說很多書賣不出去的小說家，都準備用這種車來開流動書店，沿街叫賣自己的書。對了，我去年遲發的績效獎金也下來了，我們待會吃完飯就出去逛街吧，晚上再吃個大餐。」

媽呀，我就知道，惡夢又要開始了！

「有必要這樣嗎？留在家裏也很好呀。」

他為我的不受教搖頭不已，「不行啦，要是大家都把錢留在口袋不肯花，國家經濟就會越來越糟糕。既然我薪水進來了，當然應該買點東西，讓別人也有錢領。妳沒看那麼多大官都叫大家要消費拼經濟嗎？」

消費拼經濟……原來我男朋友是個為國為民的烈士哩，呵呵呵……

＊＊＊

進了百貨公司，我一馬當先，把阿海拖到一個他最不可能掏錢的地方——兒童用品部。

「哇，一個小圍兜一千二，現在小孩真好命哦。」

「嬰兒牙刷、嬰兒座椅、嬰兒餐具，名堂真多哩。」

我一面翻看著那些名牌的童裝和玩具，一面像個鄉巴佬用誇張的語調嘖嘖稱奇，引來一堆路人側目。

如此地不顧形象，理由只有一個：希望阿海能夠明白，養小孩是非常花錢的，最好從現在就開始節約，將來才不會太辛苦。如果他跟我有將來的話。

但是我很快就發現，他完全沒在聽我說話，只是出神地看著架子上的一個東西。豬撲滿。

我很疑惑，照理阿海跟撲滿應該是最無緣的呀。

「怎麼，你想吃豬排嗎？」

他笑了出來，「不是，我只是想到我小時候存的豬公。那種塑膠的，大大的一隻，比這邊的醜多了。」

「醜有什麼關係，存得多最重要。」

「是啊。」他盯著撲滿，「那時候大人只要有一塊或五塊銅板就會給我，把它丟進豬公，聽到『咚』的一聲，心情就會很好。」

「我也是耶！」一聽到存錢，我就來勁了。「我還會把撲滿拿起來搖。」

「對對，我也常幹這種事。」阿海一臉懷念，「等到過年，豬公滿了就可以拿來殺，那是我最開心的時候。塑膠一剪開，銅板就『嘩』的全倒在地上，然後我就坐在銅板堆中間，一邊數一邊計劃，我要買什麼糖果，什麼新玩具，還要買梳子送給媽媽，再買包煙送爸爸。」

我有點慚愧。自從開始存錢買娃娃屋以後，我對撲滿的占有慾就升到了頂點，任何人稍微靠近一下，我就會跳腳。我哥最愛抓準這一點來逗我，動不動跑來在我的撲滿上偷摸一下，讓我尖叫著滿屋追他。

想也知道，對於撲滿裏的錢我抓得更緊，根本不可能買禮物給任何人。

「你好孝順哦。爸媽一定很高興吧？」

他輕輕搖頭，「我根本一毛都拿不到。錢剛數完，我媽就全部拿走了，不是說要買菜、繳會錢就是付我的學費。反正小孩有爸媽養就好了，不需要那麼多錢。」

我啞口無言。真淒慘……

比較起來，我爸媽就客氣多了，都會幫我把銅板帶去郵局存起來，再把寫得滿滿的存摺帶回來給我。下次回家一定要好好感謝他們。

「後來我學乖了。只要手上有閒錢馬上花掉，絕對不投豬公，從此我家再也沒有豬撲滿。」

我心想，搞不好這才是他不存錢的真正原因。

阿海回頭看我，向來自信滿滿的臉上，第一次露出迷惘的神情。

「我是不是很小氣？」

「怎麼可能啊？你要是小氣，天底下就沒一個大方的人了。」

「可是，我居然把豬公的錢吞掉，不肯給媽媽，實在很自私。」

「才不是這樣哩！」我直視著他的雙眼，「你辛辛苦苦存了那麼久，你媽媽卻理直氣壯把錢全部拿走，你當然會不開心啊。如果她好好跟你說她有急用，請你借她錢，你一定會心甘情願給她，對不對？而且以你的個性，你絕對不會要她還。我太了解你了。」

他笑著點頭。

「所以啊。重點不在錢，在於那個kimochi。人都是這樣啊，不喜歡別人隨便拿走自己的東西，這沒有什麼不對，跟小氣更沒有關係。」

他想了幾秒，釋懷地笑了。

我也笑了，心情比他更好。因為我發現，也許我跟他的相同點，比我想像的多。

＊＊＊

到了健康用品部，我發現我跟阿海真是半點相同點都沒有。他居然看上一個非常詭異的東西：香氣健康機。

售貨小姐滔滔不絕地推薦它的好處，說什麼會釋出帶有香氣的負離子，清除空氣中的有毒物質，還可以治百病。

「我自己也買了一台哦，才用了幾天，我媽媽的關節炎就改善很多，我的失眠也治好了，連我爸的香港腳都好了呢！」

我冷冷地說：「我們又沒有香港腳。」

阿海卻是興致勃勃，「可是妳不覺得很酷嗎？聽說外國也很流行這種香氣SPA，很有效呢。而且味道很好，聞了心情很平靜。」

拜託，只有存款數字可以讓我心情平靜！

「我覺得這味道沒什麼特別呀，跟廟裏燒的線香差不多。」

「怎麼會像線香呢？這是進口的天然香精耶！」

售貨小姐不屑地看了我一眼，轉而全力向阿海進攻。

「先生我跟你說，這台機器在我們全國各門市都賣到缺貨，我們也只剩這台而已，別家門市還要跟我調呢，再不買就來不及了哦。趁現在我給你打八折，兩萬塊算你一萬六……」

我不屑到極點。「我自己也有買」、「只剩最後一台」，擺明著是釣人上勾的台詞嘛！

全國都賣完了，為什麼只有妳們這裏有剩？不是機器爛就是妳太遜。還有，別家門市跟妳調貨妳就要給？妳不要業績了嗎？

阿海自己是汽車銷售員，不會上這種當的。

「嗯，不錯哦，不過我手上沒這麼多錢，等我一下，我去領。」

天哪，他上勾了！

不行，我絕對要阻止，再讓他這樣亂買我會昏倒！

昏倒……這主意倒不錯。

我閉上眼睛，雙膝一軟就往地上倒，阿海連忙扶住我。

「可可，可可，妳怎麼了？」

我把頭倚在他胸前—啊，好溫暖的胸膛！—發出細微的呻吟聲。

阿海在百貨公司樓管的指示下，把我抱到休息室裏，讓我躺在沙發上休息。我虛弱地睜開眼睛，看到他焦急的臉。

「妳怎麼樣？有沒有好一點？」

我的良心一陣刺痛，只是戲開場了就得演下去。「對不起，一直聞那個香味讓我頭好暈。」

他拿濕毛巾擦拭我的額頭，「原來是這樣，看來那台健康機也沒多健康。算了，不買了。」

萬歲！我成功了！

他接下去說：「可是妳怎麼會這麼虛弱呢？一定是每天幫我作菜太累了。」他一臉愧疚，「對不起，都是為了我。以後我們就天天去外面吃吧。」

為什麼，為什麼勝利總是如此短暫呢？也罷，至少我擋住那台健康機了，成功是要一步一步來的。

＊＊＊

很顯然地，我的成功永遠只有一步。雖然健康機出局，幾天之後阿海又拎了大包小包來我家。

「這是健康手環，健康枕，健康毛毯，還有健康鬧鐘，聽說它的音波對身體很好。」他說：「我還買了兩台除濕機。你們這裏濕氣太重，妳身體才會這麼差。不是連窗簾都發霉了嗎？所以要用兩台才行。」

我真的很想撞牆。

「對不起，阿海，」我愧疚地說：「我昨天去算過塔羅牌，算命師說我三個月內不能收禮物，不然會發生不幸的。」

他非常錯愕，「塔羅牌？塔羅牌跟妳的健康哪個重要？」

「可是那個算命師真的很準耶，他跟電視上那些騙人算命師不一樣，我每次問的事情都說中，真的很恐怖。你不要擔心啦，我會多買一些除濕劑的。」

「那個很麻煩又不環保。而且我拿這些東西怎麼辦，在家裏堆三個月？」

我小心地說：「你要不要上網賣掉？放太久也不好。」

他沒有回答，只是沉默地看著我，臉上一片陰暗，看得我全身發毛。

「呃，阿海？」

過了幾分鐘，他終於開口：「妳老實告訴我，算命師有沒有叫妳換男朋友？」

「哪有啊！」我大叫：「你怎麼這樣講？」

「因為妳最近一直在拒絕我。因為在廟裏拜過，所以不能收我的手機，現在又為了塔羅牌不要我的東西，好像隨便什麼人說的話都比我重要一樣！」

我實在很想哭。「人家從小就信這些，習慣改不過來有什麼辦法嘛。」腦筋一轉，「那這樣好了，這些東西的錢我出一半，這樣就變成我跟你合買，不算禮物啦，那我就可以放心用了。這樣好不好？」

他又沉默幾秒，總算露出笑容，「這樣也不錯。妳真的很聰明呢。」

聰明？我覺得我是天下第一大笨蛋！不過至少是過了這關了。

這時我又想到，接下來三個月他買給我的任何東西，不管我喜不喜歡，都得自己付一半錢……

秘訣十三：不要自欺欺人，買東西才沒有什麼「需要」跟「想要」的差別。事實是：我們需要的只有錢！

車費：30元，掛號費：200元，午餐費：0元（昨天剩下的麵包），晚餐：0元，還是佳莉的麵包。存款餘額：94,333元。

是的，不用懷疑，就是這個數字，連十萬塊都不到。我已經親身證明了，世界上跑最快的東西不是光，是錢。

「醫生，你應該知道『時間就是金錢』吧？」我坐在診療椅上，嚴肅地看著醫生。

「知道啊，怎麼樣？」

「我前面幾個病人，你都跟他們講了十幾分鐘，占掉我一大堆時間；輪到我的時候，你卻只是看看喉嚨，聽聽心跳，講一句：『是感冒，吃藥就好。』這樣你不覺得很不公平嗎？」

「可是妳真的只是感冒，不然還要怎麼辦？」

「我是說，你從我這裏省下來的時間又可以去看更多病人，賺更多錢，這些好處你總該回饋給我吧？」

「怎麼回饋？」

「掛號費打折啊，再不然多開幾天藥。不然我三天以後還要回診，很傷耶！」

「這個恐怕不行。不過小姐妳要是覺得我服務不周到的話，」他拿起針筒，「我來幫妳抽個血好了，免費。」

Shit！為什麼這年頭比我會講價的人越來越多？

不過我也沒時間再戰了，我是趁著科長開會的時間溜出來看病的，再不回去就倒大楣了。

也許連看病都要講價是誇張了些，但我是不得已的。

雖然使盡渾身解數，勸阻阿海亂花錢的計劃還是毫無進展。某次我告訴他，那天是我死去愛貓的忌日，所以我不想出去吃晚餐，當天晚上花店就送來了幾大籃的玫瑰花，讓我打了一星期的噴嚏。

當他又準備邀請所有的朋友出去狂歡的時候，我依偎在他懷裏撒嬌，「可是人家只想跟你兩個人留在家裏看電影呀。」他欣然同意，然後第二天就買了投影機跟一百吋布幕，跟滿架子的DVD，理由是「這樣我們就有屬於自己的電影院了」。

我實在很想問他：天底下有不能賣票收錢的電影院嗎？

後來我採取折衷方式，同意跟他一起外出用餐，餐廳我選。正當我千挑萬選相中一家最便宜的水餃店，好死不死卻撞見他的損友小原帶著新女朋友，又變成double date。結果小原的女朋友選了一家超級貴的法國餐廳。而且最後還是阿海付了四人份的帳，因為準博士錢帶得不夠。

除此之外，阿海還給我買了一雙高跟鞋，價錢足夠給我兩隻腳包金箔了。為什麼這麼貴呢？因為那鞋子號稱是特殊處理過的，就算泡海水也不會壞。我是比較好奇，到底誰會拿高跟鞋去浸海水。

順道一提，由於我那個白痴到極點的「塔羅牌預言」，這些東西我全都出了一半的錢。也就是說，幾個月來我的存款水位急速下降，離五百萬的夢想越來越遙遠，我不但不敢再把存摺放在枕下睡覺，連多看一眼都難受。

為了省錢，我決定天天洗冷水澡，結果不幸感冒，還得花錢看醫生，真是太倒楣了！我的頭痛，喉嚨痛，心更痛。阿海不但溫柔體貼，對我編出來的所有藉口都深信不疑，實在讓我很愧疚，連直視他的眼睛都覺得難受。

最要命的是，我開始不自覺地想像我們將來的生活：

住在漏水的破公寓裏，一家大小擠一張破草蓆；孩子們蓬頭垢面，穿著親戚給的舊衣服，天天吃稀飯配肉鬆，接雨水洗澡，撿垃圾堆裏的玩具來玩，付不起補習費只好蹲在補習班窗口偷聽。每個月月底，凶惡的房東都會來用力敲門催房租，我只好和孩子們相擁而泣。好不容易阿海領了薪水回來，他卻先拿一半接濟朋友，另一半則用來刺激國家經濟，買一些所謂的最新商品，例如附帶字典功能的冷氣機之類的。在艱困的生活中，一家之主會不時對我們母子露出爽朗的笑容，用他迷人的聲音說：「只要家人之間有愛，就算沒錢還是很幸福的。對不對？」

每次幻想到這裏，我的腦袋就會爆開，隨即響起一個聲音：我真的適合跟他在一起嗎？我總是狠狠地揮散這個聲音。廢話，當然適合！這麼好的男人，要是被他溜掉會遭天譴的！我只需要更堅強一點，好好運用愛情的力量，還有謊言……呸呸，不是謊言，是智慧，智慧！

錢花掉就去賺回來，這樣不就得了嗎？既然勸不住阿海，我就自己加倍存錢，這又有什麼難的？開源跟節流本來就是我的最愛啊！

既然加班沒有加班費，我得找個兼職，另外，還可以把不需要的用品賣掉換現金，聽說現在二手生意很好賺。

我開始沉思，可以拿什麼東西去賣呢？我沒有什麼衣服，更沒有名牌包跟首飾。我的房間沒有多餘的東西，只有房東提供的床和書桌，還有我的衣櫥。

對了，就賣衣櫥吧。那衣櫥是老哥結婚的時候淘汰的，樣子不太好看，不過挺耐用，二手家具店應該會要。至於我的衣服，隨便拿幾個紙箱來裝就好了。

說到這個我就搞不懂，為什麼有人就一定要去傢飾店，花大錢買那些漂漂亮亮的紙箱來裝衣服呢？紙箱這種東西，只要到超商或水果攤去要就有了呀。什麼？很醜？拜託，紙箱那麼漂亮要幹嘛，難不成要直接穿在身上嗎？況且嫌醜可以自己美化呀，隨便拿筆畫幾朵小花不就好了？

做了決定後，我心情好多了，快快樂樂地走回辦公室。

科長還沒回來，辦公室裏鬧烘烘的，Elle正在大談她的房子裝修計劃。

「我跟他說，櫃子一定要用整塊桃花心木做，他敢給我用夾板，我就當場拆了拿木板砸他！還不止這樣，我挑了半天的壁紙，顏色居然跟窗簾不搭，我只好換窗簾，好不容易挑中適合的窗簾，可是它的掛勾很難看，真是煩死了。唉，事情好多哦！」

工讀生小愛小聲說：「Elle，前陣子銀行不是在找妳要錢嗎？現在裝修房子不好吧？」

「那個啊，解決了。」她得意地揮手，「我們一群客戶請了律師跟銀行談判，卡費打八折，利息全免。我是覺得還不夠，應該打對折才對。沒關係，下次銀行再來找麻煩，我們就上街遊行抗議，給他們一點顏色看看。」

我本來不想搭腔，聽了這話實在忍不住了。

「妳欠錢不還，銀行還得給妳打折？那麼那些按時還錢的人怎麼辦？」我爸爸就是按時還錢的人。他本想帶著全家逃跑，被外公說服，回去面對債主，一點一點的把債還清，我們全家安安穩穩地住在原來的房子裏，照樣抬頭挺胸做人。所以要我同情這群欠錢不還只會找理由的卡奴，是絕對不可能的。

她聳肩，「誰叫他們笨？幹嘛那麼老實，乖乖讓銀行賺錢？銀行也不是好東西啦，利息高得過分，根本就是地下錢莊加吸血鬼！」

「哦，難道是『地下錢莊』強迫妳一個禮拜買三個包包嗎？什麼噗打的？」

「是Prada！沒常識就要懂得掩飾，好嗎？」她嘖嘖數聲，「妳知不知道銀行寄了多少折扣訊息跟消費優惠給我？是他們求我花錢的，懂不懂？」

「他們求妳妳就照做啊？真是善良呢。」

她挑釁地看著我，「妳才知道？」

年紀最大的鳳英姐怕我們吵起來，連忙岔開話題，「對了Elle，妳家浴室弄好了沒有？」

「還沒哩，我還在等馬桶從義大利運過來。」她又是眉飛色舞，「我特地指名要這牌這款的限量手工馬桶，因為我打聽過，安潔麗娜裘莉的別墅也是用這款。」

小愛很疑惑，「有必要為個馬桶這麼累嗎？家裏沒有馬桶很麻煩耶。」

「妳搞清楚，這不是普通馬桶，是馬桶中的藝術品！我這人就是這樣，什麼都可以不在乎，就是生活品味一定要顧。安潔麗娜裘莉的品味鐵定是全世界最好，跟著她買準沒錯。」

「為什麼她品味最好？」

「廢話！看她的男人就知道了呀。」

這下我更不懂了。

「請問一下，妳的意思到底是用了這個馬桶就可以變成安潔麗娜裘莉呢；還是布萊德彼特跟馬桶是一樣的？而且人家已經離婚了耶，妳也想跟她一樣嗎？」

她狠狠地瞪我，「我求求妳，像妳這種不懂時尚，沒有品味的人，千萬不要跟我說話！」

真巧，「品味」跟「時尚」恰好就是我最最受不了的兩個字眼，尤其是時尚。電視上常看到一群人滿臉莊嚴神聖地談論時尚，活像那是全世界第一重要的事。問題是我常聽說有人因為缺錢而死，卻從沒聽過有人因為缺乏時尚而送命的。

「老實說，其實我還蠻懂時尚的。」我笑容滿面，「所謂時尚呢，就是幾個服裝公司大老闆，花錢僱幾個大明星，到處去跟人家宣傳自己家的衣服跟鞋子，說這就是流行，然後呢，就會有一大群傻瓜乖乖奉上銀子去買，以為自己穿了這些衣服就可以變得跟大明星一樣漂亮。這，就叫時尚。」

我隨手拿起桌上一張報紙廣告版，念出上面的字，「『迪奧總監某某說，今年春夏的顏色是橙色』，太奇怪了吧？他是什麼東西，憑什麼春夏的顏色要他來決定？還是他家的狗叫『春夏』？就算他真那麼了不起又怎樣？我幹嘛要聽他的？我偏說今年春夏的顏色是紅配綠不行嗎？」

她一臉看到大腳怪的表情，「妳是自己買不起迪奧的衣服才說這種話吧？」

「本姑娘穿什麼都好看，妳不服嗎？」

「哈！好不好看還可以自己講哦？」

我冷冷一笑，「反正不是妳說了算。」

這時，另一個女同事一臉恍惚地走過來，彷彿身在夢中，「可可，外找。」

看到阿海站在玻璃門外朝我微笑招手，在場全體的女性同時陷入如夢似幻的狀況中。

我快步走向他，「你怎麼來了？」

「妳有個同事找我買車，我就順便來看妳了。」

「哪個同事？」我只是隨口問問，公司那麼多人，哪有可能全認識。然而他的回答出乎我意料。

「會計部的劉凱蒂，認識嗎？」

「凱蒂?當然認識，我們在飯店碰到的那次，我就是去喝她的喜酒。」

「哦，那她就是我們的媒人嘍?我該給她打個折才對。」

我連忙說:「不用不用，她老公超有錢，就是要貴的車才配得上。」

他含情脈脈地看著我，氣氛好得不得了，偏偏我的鼻子不爭氣，在這時候打了個大噴嚏。

「妳感冒還沒好?」他皺眉，「我去買點營養品給妳補一補吧。」

「不用啦，醫生說只要好好吃藥就行了，不要特別吃什麼東西，免得影響藥力吸收。」

我看時間不早了，又加一句，「你先回去吧，我們科長快回來了。」

他溫柔地輕撫我頭髮——為了配合他這習慣，我現在每天洗頭，用水量跟洗髮精消耗量大增——依依不捨地離開了。

回到座位，全辦公室的女性眼睛發直地看著我。

小愛豔羨地問:「可可，那是妳男朋友?」

看我點頭，一群人同時出聲:「好帥哦!」

「謝謝，我會跟他說的。」我盡可能保持平靜，利用英俊的男朋友在其他女性面前出風頭是很沒水準的行為——

哇哈哈哈哈，太爽了!

「在一起多久了?」

「他對妳好溫柔哦，眼神好深情，真羨慕！」

在眾人七嘴八舌中，Elle冷冷地開口了，「好奇怪，我覺得可可小姐跟那個男的一點都不配耶，你們真的在一起嗎？妳該不會是去哪裏僱個model什麼的來跟同事們現寶吧？」

這話一出口，她自己也知道說錯了，其他人紛紛對她投以不以為然的眼神。

我輕笑一聲，毫不留情地指出她的錯誤，「妳覺得我會花那個錢嗎？」

＊＊＊

回到家，我拿出在辦公室查好的二手家具商名單，一家一家聯繫，終於給衣櫥找到買主。然後我又著手尋找兼職機會，當然也是在辦公室就查好名單。過程不是很順利，我聯絡的公司不是已經找到人，就是條件不合。

最後，我總算談好一個工作，下星期六在中正紀念堂的園遊會上扮吉祥物，發文宣跟面紙，時薪三百，算是差強人意。

接下來，我把衣櫥清空，足足忙了一個鐘頭，累得差點癱掉。

等到佳莉進門，已經十點了。

「好大的雨哦。」她把滴水的傘撐開，放在陽台風乾。

我忙得太專心，現在才聽到外面的雨聲，唏里嘩啦地非常驚人，好久沒下這麼大的雨了。腦筋一轉，浮現一個絕妙主意，我立刻換上雨衣，提了個水桶準備出門。

「學姐，妳去哪裏？」佳莉驚訝地攔住我。

「去接雨水回來洗澡啊。」我得意地說：「洗完澡還可以用來沖馬桶，可以省不少水費呢。」

「學姐！台北的雨是酸雨耶，哪能洗澡啊！」

「酸雨有什麼關係，加點小蘇打就中和了呀。」

她死命抓著我，「學姐，我求妳不要做傻事啊！」

我才不會死心，「唉喲，一兩次沒關係啦，能省則省嘛。我最近開銷太大，再不想想辦法就慘了。別說存不到五百萬，搞不好會破產耶。」

「再怎麼缺錢也不能這樣，該花的錢還是要花。」

老實說，我很遺憾，佳莉跟我同住這麼久，對我的節約理念還是這麼不了解。

「佳莉我跟妳說，所謂『該花的錢』，正是破財的陷阱啊。很多人就是動不動找些藉口，說什麼『該花的錢』啦，『必要消費』啦，就很爽快刷下去，結果就變卡奴了。這些全都是商人編出來騙錢的花樣，了解嗎？不然妳說，天底下有什麼錢是非花不可，不花會死的？沒有吧？妳看看原始人，他們只要喝雨水吃水果就可以活下去，哪需要花什麼錢？」

她一臉不可思議的表情，「拜託，原始人只要住山洞就行了，我們可以嗎？妳敢不交房租嗎？」

「好吧，房租不算。」我很不甘願地承認，「我的意思是，現代人都被物質文明束縛了，實在很要不得，人性的尊嚴怎麼可以被物質踐踏呢？我們只要學習原始人的精神，就會發現很多東西根本就是不需要的，更不用花那個錢。」

話一說完，我被自己感動得渾身發熱。沒錯，我不是小氣，我是為了爭取精神的自由，努力跟物質主義對抗！我要返璞歸真，效法原始人！

不過，原始人交男朋友的時候該怎麼辦？

佳莉長長地呼了口氣，「可是學姐，原始人也不需要五百萬呀。」

我一時語塞。這……這還真是難以反駁啊！

她接下去說：「妳為什麼對五百萬那麼堅持呢？是要買什麼東西嗎？要買房子的話，五百萬可不能買台北的房子哦。」

「不是。我不是要買房子，也沒有要買什麼……」

「那妳存五百萬要做什麼？存錢卻不用，不是很沒意義嗎？就像以前有個寓言說的，錢要是放著不用，就跟石頭沒兩樣了。」

怎麼可能沒兩樣？錢光是拿起來聞味道就夠開心了！

我試著用最簡單明瞭的方式向她解釋。

「這就像玩積木一樣嘛。辛辛苦苦蓋了個城堡，當然捨不得把它拆掉啊。」

沒錯。存款就是我的城堡，裏面永遠風和日麗，國泰民安，沒有悲傷也沒有煩惱，就算天塌下來也頂得住，連我最怕的老鼠都長得很可愛。沒有人會把我半夜從床上拉下來拖出家門，沒有人會弄壞我心愛的娃娃屋。世界在我手中，沒有人可以從我身上奪走任何東西。

別的不說，口袋裏裝著滿滿的鈔票，大搖大擺走進商店卻不買任何東西，再大搖大擺走出來，完全不用在乎別人的臉色，這種感覺有多愉快，為什麼大家都不懂呢？

她搖頭，「我向來是蓋完城堡就把積木拆開，這樣才能再蓋新的城堡。積木就是這樣用的，錢也一樣，放著不動反而是浪費。」

「呃……」我想了很久才想出話反駁她。「不是這樣說吧？要是現在不好好節省，萬一將來有急用怎麼辦？比如說生病啊，受傷啊，那時就需要醫藥費了。」

她正色說：「要是用酸雨洗澡，妳『現在』就會生病，到時還得花更多醫藥費。」

這話倒是沒錯。

沒辦法，我只好放棄雨水計劃了，唉唉……

這時我才注意到，佳莉進門時把兩個百貨公司的大紙袋隨手放在沙發上。

「妳去shopping啊？」

她的表情忽然變得非常不自在，飛快地將紙袋一把拎起，好像讓我看一眼就會燒起來一樣。

「哦，是啊。差點忘記拿。」說著就急急忙忙衝進房裏。

我很困惑：這是怎麼了？

等她洗完澡走出浴室，我攔住她。

「妳是不是有什麼心事？為什麼一聽到我說shopping就不太舒服的樣子？」

「沒有啊，我只想趕快收拾東西趕快休息。」

她的表情讓我更懷疑了。

「我是不是做了什麼讓妳不開心的事？」

雖然我自己一點感覺也沒有，還是得確認一下。要是在無意中惹到她就尷尬了。

她歎了口氣。

「沒有啦。只是我跟同事去逛街，一時心情好就多買了幾件衣服，怕妳罵我浪費。」她苦笑一聲，「我就是那種會被商人騙，被物質踐踏的人，很好笑哦？」

我說啊，這孩子未免太看輕我了吧？

「拜託，妳辛苦賺的錢愛怎麼花是妳的自由，我幹嘛罵妳？而且女為悅己者容不是嗎？交了男朋友總要打扮一下。」

話說回來，這陣子不是週年慶期間，沒有多少折扣，現在血拼實在太衝動了些。不過我忍著沒說出口。

佳莉臉上這才露出光彩。「說的也是，我想太多了。對了，妳要不要來看看我的戰利品？」

她拖著我進房，一件件向我展示她買的東西。老實說，我不懂為什麼她要把它們叫做「戰利品」？對我而言，辛苦工作得來的薪水才是戰利品。

「妳看，這件洋裝很漂亮吧？我下次跟阿敦約會就要穿這件。」

我唯唯諾諾，不敢告訴她，路邊攤可以用一半的價錢買到差不多的洋裝。

「還有這個包包。其實我本來沒打算買的，因為包包已經很多個了，可是真的越看越喜歡，來回走了好幾趟還是買了。」她格格一笑，「這就叫天人交戰吧？」

天人交戰，是啊，而妳不幸落敗了，讓寶貴的鈔票淪落敵營。

到底要那麼多個包包幹什麼？有那麼多錢可以裝嗎？

「還有這雙鞋！」

這回我再也忍不住了，「妳不是有一雙同款的嗎？」

「對啊，因為很好穿，所以再買一雙。而且這個顏色跟剛剛那件洋裝比較配。」

這就是我從來不逛街血拼的原因。買了漂亮的上衣，接下來就要煩惱沒有裙子長褲跟外套可以配；等到衣服都齊了，又變成鞋襪不對勁；好不容易腳上功夫作足了，手表又不對了。還有項鍊、耳環、戒指，少一樣都不行。

當然更不能忘了包包，不同顏色的衣服就要配不同色的包，最好是把整個專櫃買下來，讓櫃姐直接退休。到最後還得上美容院重新sedo，順便重作一張臉。

等到全身上下煥然一新，十全十美的時候，呵呵，新一季的漂亮衣服又出來了，下一回合的戰鬥再度展開。

姑娘們，不累嗎？

走進百貨公司，別人眼中是閃閃發光美不勝收的夢幻逸品，我只看到一個又一個的黑洞。又黑又深，永遠填不滿。

為什麼連佳莉這麼聰明又可愛的女孩，都要傻傻的往洞裏跳呢？我不懂，真的不懂。

「還有這件洋裝。本來想說洋裝買一件就好，但是逛到另一櫃又覺得這件實在很漂亮……」

「抱歉佳莉，我有點累，先去睡了，晚安。」

在說出不中聽的話之前，我逃回了房間。

＊＊＊

秘訣十四：鴨舌帽+墨鏡+風衣+超商=超級慘劇。一旦碰到，不要懷疑，馬上轉身逃到玉山頂去。

紙箱三個：向水果攤要來的，免費。白紙半箱：從公司的廢紙箱裏撿來的，免費。蠟筆一盒：十元，樹脂一罐：二十元。存款餘額……算了。

我在紙箱上糊了一層白紙，再畫上許多小花，忙了一個下午，總算完成三個置衣箱。其實是不用這麼麻煩的，但是如果讓阿海看到自己女朋友用破紙箱裝衣服，鐵定不會太高興，我只好多下點功夫。

晚上阿海來家裏，對我的手藝果然大為讚賞，只是他不明白，我為什麼不直接買個新衣櫥來代替長蟲的那個。

我告訴他，因為衣櫥很重又占空間，要是看膩了也不能隨時更換，很煩人。

「那妳也可以買傢飾店的紙箱嘛，那些都很方便，也很漂亮。」

「可是那個很不環保，做個紙箱就要砍一堆樹，太可惜了，還不如拿舊紙箱改造一下就好。」

他雙眼發光地看著我，「可可，我現在才知道原來妳這麼熱心公益，真是太感動了。」

那還用說嗎？我向來主張珍惜樹木資源，才有更多紙漿來印鈔票。

「決定了，我要向妳看齊。」他的熱血熊熊燃燒起來，「現在哪個環保團體比較可靠？我要捐錢給他們。」

我費了九牛二虎之力才說服他，做環保重要的不是捐錢，是從身邊的小事做起，並且答應做一個紙箱給他，終於阻止了另一場錢包的浩劫。

然後他又提起另一件事，我們公司又有人找他買車，居然是Elle。

我心中警鈴大作，Elle忙著裝修房子都來不及了，哪有閒錢買車？很顯然地，她是刻意找凱蒂拿阿海的聯絡方式，跟他搭上線的。她到底想幹嘛？

這答案並不難猜，她眼紅我有帥哥男友，存心搞破壞。以她的習性，釣男人一定專找有錢的大魚，才不會看上阿海這樣一個普通的上班族。鐵定只是為了讓我難看，真是無聊！

我可得小心點，千萬不能讓她得逞。

「我看你不要對她抱什麼期望，Elle那個人很情緒化，動不動就改變主意。她今天一時興起說要買車，等你忙得團團轉以後，搞不好又忽然不買了。」

「妳好像不太喜歡她？」他一臉訝異，「她跟我說她很欣賞妳耶。」

欣賞個屁！我立刻驚覺，把到口的大罵吞回去。要是她說她欣賞我，我卻說她的不是的話，我豈不是馬上成了心胸狹窄的惡女？

好險，差點掉進陷阱裏。

「也不是不喜歡啦，只是興趣不太相同，所以沒有很熟。她服裝品味很好，我很佩服。」

「既然這樣，我們改天應該三個人約出來見面聊聊天，聯絡一下感情。」

拜託，男人真的這麼笨嗎？

「這以後再說啦。我是覺得她應該不會買車，你隨便敷衍她幾句就好了，不用花太多時間在她身上。」

「妳既然跟她不熟，怎麼會知道她買不買車？」

因為我天天幫她接銀行的討債電話！不過這話要是說出來，搞不好阿海會更欣賞Elle，因為她跟他一樣是以花錢為樂的人。

「因為她看起來就是對車沒什麼興趣。」

他扮個鬼臉，「說不定她興趣改了呀。好了，不說這個。下星期六有沒有空？中正紀念堂有個園遊會，我們公司協辦，我要去顧攤，展示最新的攤販車，妳也順便來玩吧。」

下星期六？中正紀念堂？那不就是我打工的園遊會嗎？開玩笑！

「不好意思，不行耶，因為……」我火速在腦中尋找合適的理由，「因為那天我表舅公告別式，他對我們家很照顧，我一定要出席才行。」

他很失望，「好吧，那妳回來再打電話給我。」

呼，又過了一關，謝天謝地。幸好那天我整天都會穿著兔寶寶裝，他認不出來。要是被他發現我在打工，事情就麻煩了。

＊＊＊

今日花費：車費0元，因為我現在每天提早一小時出門，走路上班。老實說，腿快斷了。午餐費，預定為20元。最近佳莉忙著約會，常常夜不歸營，連帶著我的免費麵包也沒了，我只好自力救濟，乖乖去自助餐廳，點一道菜配一碗飯。

轉念一想，餐廳的紫菜湯是免費的，我可以只買一碗飯，再配一大袋湯啊。這樣就只需要十元，太好了。

不過在吃飯之前，我還有更重要的事要做。

午休時間到了，Elle把文件一推，也不關電腦就站起身來，我飛快地擋住她去路，告訴她我有事找她。

她很爽快地跟我來到走廊的盡頭，逃生梯的門口。

「我男朋友承蒙妳照顧了呀，」我冷冷地說：「只是妳不是向來都靠男人接送嗎？怎麼突然想買車呢？」

她笑得很噁心，「哎呀，時候到了嘛，而且難得遇到中意的業務員呀。阿海真是個好男人，他跟我是一見如故，品味跟我一樣好，還給了我很多裝修的建議呢。下次我還打算邀他陪我去選床單哦。」

雖然我下定決心不受她挑撥，實在很難不動氣。「喂，那是我男朋友，妳給我客氣點。」

「哦，對了，他跟我談了很多妳的事。可是好奇怪，他口中的妳怎麼跟我的印象不太一樣？我還以為他認錯人了呢。」

聽到阿海不停地談我，我心情好了些。

「我也覺得妳跟我印象中不太一樣。不是只會釣有錢的冤大頭嗎？幹嘛對阿海一個小小的業務員出手？他絕對沒辦法供養妳的，死心吧！」

她忝不知恥地說：「男人光是有錢還不夠，還要願意把錢花在我身上才行。阿海在妳身上想必花了不少錢吧？想不到可可小姐妳是真人不露相呢。」

「誰像妳啊，只會占男人便宜！」我氣堵咽喉，「我告訴妳，不要以為妳可以靠花言巧語把阿海騙到手！」

「咦咦，要說花言巧語，妳也不比我差呀。妳在阿海面前說過多少謊話了？妳敢不敢跟他說妳去喝人家喜酒只包一百塊，還偷拿桌上的酒？」

我真沒出息，一時竟說不出話來。

「那又怎樣？又沒礙到妳。」

「是沒錯啦，不過呢，我實在很好奇，當阿海發現他女朋友就是他最討厭的那種認錢不認人的小氣鬼的時候，會是什麼表情呢？」她毫不客氣地湊到我面前，正好讓我看清她臉上每一條卡粉的皺紋，「妳就老實承認吧，我比妳更適合阿海。至少我可以跟他分享花錢的快樂，妳不能。」

「妳要是敢在他面前搞鬼，我就……」

「就怎樣？就找人打我？妳捨得花那個錢嗎？」

我真想立刻揮她一拳，但是要是鬧上警局，我還得賠錢，這就很划不來了。於是我維持淑女風度，冷冷地說：「妳等著瞧吧。」然後就走開了，一面在心裏詛咒自己的沒用。

可惡可惡可惡！這女人怎麼這麼不要臉啊！我到底該怎麼做，才能讓阿海遠離她的魔掌呢？

也許我該把他看緊一點，把星期六的打工推掉，好好陪他。可是，一小時打工費三百元，八小時就兩千四，兩千四可以吃四十八次自助餐，或是買八十袋泡麵，還可以看好幾場電影……

越是計算我就越心痛，而且最近公司準備裁員的傳言一直沒斷過，怎麼可以把好好的打工機會往外推？會遭天譴的！

我決定了，這次先好好地賺錢，再來專心對付Elle。人在肚子餓的時候不能工作，我也得先把錢賺飽，才能集中精神談戀愛。

說到肚子餓，我還真的餓了，趕快去吃飯吧。

回到座位拿錢包，小愛走過來，「可可，要不要吃麵包？」

「要！」這還用說嗎？

她兩手各拎著兩個麵包，「妳要哪一個？」

「妳怎麼買這麼多？」

「不是買的，」她笑得很得意，「我有個同學在超商做大夜班，他們規定不能賣隔夜麵包，所以一到晚上十二點，賣剩的麵包就要全部下架。理論上是要丟掉啦，不過只要工讀生手腳夠快，就有免費麵包吃啦。」

哇，超商大夜班福利這麼好，我怎麼不知道？可惜我早上要趕上班，不然我就去兼職了。

「可是，過期的麵包不會吃壞肚子嗎？」

「所以要快點吃啊。他們保存期限都定很短，其實應該沒那麼快壞。妳要是怕也可以不要吃。」她挑戰地看著我。

「我當然要！」

這一定是上帝的指示，指點我另一條省錢的道路。我太感謝祂了，阿彌陀佛，哈利路亞！

＊＊＊

為什麼我以前不知道超商是這麼方便的地方？燈光明亮，有免費的廣播音樂，還有免費的冷氣，跟滿架的書跟雜誌，在這裏待上一晚可以省多少電費啊？天氣越來越熱，我以後一定要每晚來這裏，就可以輕鬆度過涼快的夏天了。

當然，我最主要的目標還是架上的麵包。當我在晚上八點多，來到離家最近的超商的時候，土司已經賣完了，有點可惜。沒辦法，家庭主婦已經夠辛苦了，總不能要求她們一大早爬起來煮稀飯做早餐吧？把土司麵包讓給她們來應付老公跟小孩，這點雅量我還是有的。

哼，我才不是Elle說的那種小氣鬼！

架上還剩下兩個菠蘿麵包，一個起酥麵包，一個奶油麵包還有三個葡萄乾麵包。我滿懷期待，到了十二點，哪幾個會剩下來呢？當然能全剩是最好，不過人不能太奢求。況且萬一這家超商生意差到連麵包都賣不出去，一定很快就會倒掉，到時我上哪吹冷氣？

嗯，就讓葡萄乾被買走好了，我向來不愛吃葡萄乾，奶油麵包我也吃不慣，非常樂意把它們讓給其他人。希望菠蘿跟起酥能夠全部留下來，這樣我明天早、午、晚三餐都有著落了。

正當我用關愛的眼神凝視著麵包架時，店員走了過來。

「小姐，請問需要幫忙嗎？」

我愉快地回答：「不用啊，我看一下就好。」

他走開了一些，眼睛還是一直盯著我。奇怪，有規定不可以在麵包架前站太久嗎？

「借過！」一個女人擠到我身邊，迅雷不及掩耳地拿走了一個菠蘿。

我的心當場泣血，那個菠蘿是我準備明天當午餐用的，為什麼她就不能買葡萄乾的呢？

店員幫那女人結了帳，又站在櫃台後面朝我喊：「小姐，需要找什麼嗎？」

幹什麼呀，一副把人家當小偷的態度！

「不用了，我要……要去看雜誌。」這樣他總沒話說了吧？

翻了幾本雜誌，店員沒再來騷擾我，我卻有點厭煩了。不但腰痠背痛，嘴也乾得要命，下班前真該多喝點水。那些看起來比較有趣的書跟雜誌全都上了封套，只有幾本講時尚和音響的雜誌可以翻閱，全都是在誘騙讀者花錢的東西，我一點興趣都沒有。

真是無聊透了，下次我一定要把工具帶來，坐下來做紙箱，這樣才不會省了錢卻浪費了時間。

不過現在應該已經……我看表，八點五十五分？我還以為已經快要十一點了！時間怎麼過得這麼慢？

我只好苦著臉，把醫學雜誌上一篇如何治療口臭的文章又看了一遍。為了讓自己好過點，在心裏不斷計算著，我目前為止已經省了多少電費。

無意間往麵包架一望，菠蘿麵包跟起酥麵包不知何時已經被買走了，葡萄乾麵包也只剩兩個。就在這一秒，奶油麵包又被一個學生拿走了。我開始緊張起來，要是全賣光怎麼辦？

天哪，又一個男人去選麵包。為什麼今天大家都這麼愛吃麵包？就不能泡碗泡麵吃嗎？

我走到那男人旁邊，假裝選文具，眼睛一直盯著他的手，希望能喚醒我沉睡的超能力，把意念傳進他腦子裏：「不要買，不要買，把麵包留給需要的人吧！」

顯然我成功了，那男人抬頭，狐疑地看著我。我對他露出甜美的微笑，他短促地報以一笑，繼續看麵包，不時用眼角瞄我，活像我頭上開了朵大花一樣。

幹嘛呀，人家只是表示友善而已，他居然拿我當怪物？為什麼現代人這麼冷漠呢？

男人看到我還在看他，非常不安地快步走開了。這又是個非常冷漠的舉動，不過我非常高興，太好了，麵包得救了！

然而我高興不了多久，只見那男人在櫃台前跟店員低聲說話，還伸手指我，店員立刻離開櫃台朝我走來。

「小姐，請問妳有要買什麼東西嗎？」

「沒有……不是，我還在選。」

「那位先生說妳騷擾他，一直用很奇怪的眼神看他。」

什麼話！「哪有啊！誰在看他，少臭美了！我只是在選文具而已！」

「那請問妳要買什麼？」

「我就說了，還沒決定。」

「那就請妳快點決定。」

我火冒三丈，「你這什麼態度啊，不買東西就要被趕嗎？我要跟你們公司投訴哦！」

他面不改色，掏出一張紙條，「這是我們公司的投訴電話，請別客氣，盡管打。」

哇，他玩真的？

接下來的更猛，他又掏出手機，「要電話嗎？我的借妳。」

我一陣心虛，我根本沒那個意思要騷擾他的客人，也沒想要投訴他呀。而且這樣一鬧，我不是更拿不到麵包了嗎？

「呃，我，我，我，」我轉念一想，「我要去洗手間！」說著就衝出店外，即便超商也有洗手間。

我到附近的麥當勞上了洗手間，又不能在店裏待太久，只好在街上閒逛，走得腳都快抬不起來了。想另外找一家超商，偏偏其他家的麵包都賣光了。

一個多小時後，我來到原來的超商門口，小心地朝裏面瞄，店員換班了！太好了！

興奮地走進店裏，發現悲慘的事實：只剩一個葡萄乾麵包了。

我陷入極度焦慮狀態，又不敢跟剛才一樣一直盯著麵包，只好拿一本雜誌掩飾，不時偷瞄。

幸好大夜班店員沒再找我麻煩，也沒有其他人買麵包，到後來，店裏只剩我和店員兩個人。我心中重新燃起希望：看來那個麵包鐵定是我的了。

時間緩慢地爬過去，我瞪著時鐘，幾乎懷疑它壞了。終於，時針和分針重合，我跳了起來，飛快朝葡萄乾麵包伸手，拿到了！

但是，還有另一隻手也抓著麵包的外袋。是店員。

「小姐，不好意思，這麵包已經過了期限，不能再賣了。」

「哦我知道啊，既然不能賣就送給我吧，丟掉很可惜的。」

「對不起，就是怕過期吃壞肚子才不能賣，當然不能送給妳。」

「你放心，我腸胃很強健的。」我想扯回麵包，但他不鬆手。

「這是我們公司的政策，不能給就是不能給。」

搞什麼啊！憑什麼十一點五十九分還在賣的東西，過了一分鐘就不能碰？

這時我想到小愛的話：「如果工讀生手腳夠快，就會有免費麵包吃。」原來是這樣啊！

「少裝了，你自己也想要這個麵包，對不對？」

他翻了個白眼，「小姐妳想太多了，總之這個麵包妳不能拿。」

「我跟你分一半。」反正我也不愛吃葡萄乾。

「不行，要是妳吃下去出了什麼事，我擔不起這個責任。」

「我寫同意書給你，保證不跟你追究。」

「妳不追究我老闆會追究啊！」

我們兩個拉扯了半天，誰也不讓誰。這時「叮咚」一聲，一個男人走進來。他的鴨舌帽戴得很低，一副大墨鏡遮住了半邊臉，真懷疑他怎麼看得到路，而且這種熱天還穿風衣，可能感覺神經有點問題。不過這不重要，既然有客人，店員就沒辦法再浪費時間跟我搶了。

「歡迎光臨！」店員喊了一聲，還是不肯放手。這家的店員怎麼都這麼倔啊？剛進來的客人看到這個情況，張大了嘴，顯得很錯愕。「請問你們在幹什麼？」

正好，來個人評理！我立刻用最快速度把情形說明了一遍，完全無視店員的插嘴。

誰知墨鏡男人聽完後，搖搖頭說：「小姐，這就是妳不對了。他只是依照公司的規定在做事，為什麼要這樣為難人家呢？」

「可是，可是……」我委屈極了，人家也是辛苦了一個晚上耶！

「妳這樣子，以後哪家店敢賣東西給妳？妳這麼漂亮的小姐，做這種奧客行為太難看了。」

我沒辦法，只好認命鬆手。

店員勝利地收回麵包，非常殷勤（應該是狗腿）地招呼那個雞婆墨鏡男，「先生謝謝你。請問你要找什麼東西嗎？」

「哦，對哦。」墨鏡男將手伸入風衣，拿出一把明晃晃的菜刀，「把錢拿出來，還有妳，」他指著我，「妳的皮包。」

該死，我早該想到，什麼人會在半夜戴著帽子墨鏡，穿風衣走進超商？全都是那塊麵包害的！

我發下重誓，從此再也不踏入超商一步。

＊＊＊

秘訣十五：拿到錢的時候，一定要盡可能留越久越好，絕對不可以一拿到就花掉。

今日預計花費：車費30元，午餐0元，廠商有提供便當，太棒了。預計收入：2,400

元，太太太太太棒了！

錢包被搶雖然很傷心，但我可不能一直消沉下去。幸好我還有園遊會的打工，可以把丟掉的錢賺回來。

出門的時候，我在樓下佈告欄看到一張公告。

「某電影劇組欲在本社區尋找適當之住家，做為拍戲場景，為期三週。願意出借之住戶，請到管理室登記。租金從優，拍攝完畢後保證恢復原狀。」

哇，不但有錢拿，自己家還可以出現在電影裏，這種好康怎麼可以放過呢？我一定要去登記，說不定會碰到很多明星呢。

來到園遊會會場，離開始還有兩個小時，已經有很多人在忙著擺攤了。在會場最內側，有一個大舞台，上面停著一台有點像九人座小巴的車子，想必就是汽車展示區。我看到車子旁邊站著一個非常熟悉的人影，倒抽一口冷氣。

阿海居然已經到了，要是被他看到我就完了！

好死不死，他偏在這時朝我的方向看過來，就在千鈞一髮之際，站在我旁邊的女人正好打開陽傘擋住了他的視線。等陽傘移開的時候，阿海又回頭去忙他的車子了。

真是好險。早知道我也帶陽傘來了。但是那支是阿海送我的高級貨，我捨不得用；只好把頭髮往前撥，把整張臉蓋住，快步走向賣童書的攤位，就是今天工作的地方。長頭髮就是這點方便，不但可以省下理髮的錢，還可以隱藏身分。只是洗髮精和洗頭用水有點傷荷包，實在是兩難。

「您是陳主任嗎？」我向攤位負責人報到。

陳主任一回頭看到我，嚇得連寫字板都弄掉了。我連忙把頭髮撥開，報上我的姓名。他這才驚魂甫定地撿起寫字板，為我介紹我的職務。

「我們是賣童書的，所以妳要在會場裏到處走動，發氣球給小朋友，盡可能把小孩跟他的父母引來我們這邊。」他打開一個箱子，給我看裏面一團毛茸茸的東西。「這是妳要穿的道具服，有點重，而且很熱，自己注意點。」

「沒問題。」我伸手拿頭套，他阻止我。

「不用急，等園遊會開始再戴吧。」

「沒關係，我現在就戴。」說什麼也不能讓阿海看見我。

過了十幾分鐘，我已經痛苦不堪。什麼叫「有點重」？這套道具根本是重得要死，而且熱得像蒸籠，又悶得不得了，我幾乎吸不到氣。在開幕之前我就穿著這套道具幫其他人搬東西，絆倒好幾次。

等到園遊會開始，我已經只剩半條命了，但是辛苦的還在後頭。我在人潮中到處尋找小孩子，發氣球給他們，還得裝可愛一跳一跳地走路，才能吸引他們注意。有個小孩拿了一個

氣球還不夠，一而再地跑來跟我要，活像別人灌氣球不用花錢一樣。還有人吃完霜淇淋，就直接在我的兔寶寶裝上擦手，父母也假裝沒看見。

我唯一的福利，就是可以在汽車展示區徘徊，欣賞阿海招待客人的英姿。可惜他常常視而不見地從我旁邊走過去，好像我一穿上兔寶寶裝就隱形了一樣。雖然我的用意就是不讓他認出來，但是一旦他真的看不到我，我心裏反而感覺酸酸的。真是矛盾啊。

午餐的時候，我為了避開阿海的眼睛，只好躲在攤位桌下吃便當，又把陳主任跟其他顧攤的人嚇了一大跳。我自己也很無奈。

下午，當我再度跑去汽車展示區打轉的時候，看到阿海正在和一個女人講話。Elle。

可惡，她居然也來了！

我若無其事，拿著氣球在他們身邊晃來晃去。顯然兔寶寶裝真的等於隱形，他們完全沒注意到我。

Elle用那種故作溫柔的聲音問：「可可呢？怎麼沒來陪你？」

「她有個親戚告別式，不能來。」

「咦？真特別，我記得今天應該是不宜出殯的呀。」

該死，我忘了查黃曆！

阿海聳肩，「人家大概不信那套吧。」

「不可能的。可可她們家很信那套的，她為了替她媽還願，還跑去幫人家清垃圾，怎麼會辦喪事不看黃曆？」

看到阿海的表情，鐵定是想起了我對塔羅牌還有廟裏師父的信仰。不妙，大大不妙啊。

Elle用力撐大她的綠豆眼，直直地盯著他，「不過啊，看到你這麼認真工作，我就放心了。可可對你的經濟狀況一直很擔心呢。她老是說，一個小小的汽車業務員將來一定養不活她，她覺得很不安。」

什麼？我才不是這樣說的！低級的女人！

我真想伸手掐死她，但是這一出手就完了，我只好拼命忍耐。一看到阿海震驚的表情，我心裏大叫不妙。

「應該不會吧，」他笑了笑，「我不是說妳說謊，但是可可不是這樣的人。」

「我跟她同事三年了，怎麼可能會看錯？可可對錢非常放不開，老實說我覺得她已經有點……病態了。」

我病態？花錢上癮搞到欠一屁股債的人是誰？

「怎麼可能？」阿海不敢置信地搖頭，「她花錢很大方的。我們兩個的觀念一樣，只要花錢能買快樂，就絕對不會心疼。」

呃，老實說，這也不太對。

「那只有在你面前是這樣。她常常連午飯錢都省不得花，中午不吃飯，專啃隔夜麵包。每次我們辦公室收公費，她都唉得最大聲，員工旅遊也從來都不參加，因為她不想自己負擔一半旅費。我想，她應該只是做樣子給你看吧。」

阿海俊美的臉僵住了。「她為什麼要做樣子給我看？」

「我想她大概是怕你會沒面子，才勉強假裝她跟你一樣不在乎錢。情侶在蜜月期都會這樣啦，只是如果談到結婚的話……」她乾笑兩聲，「她可能就會考慮了。你知道嘛，像她那種嚴重缺乏安全感的女孩子，都比較喜歡可以依靠的男人。」

「妳是說我不能依靠？」

「我沒這麼說，但是可可是真的很怕缺錢的。」

我再也聽不下去，立刻擠到他們中間，遞了一個氣球給阿海，他一臉錯愕。

「呃，謝謝……」

Elle兇巴巴地瞪我，嫌我防礙了她的好事。只可惜阿海手上拿著氣球，望著遠方發呆，沒看到她猙獰的表情。隨即Elle又開始虛情假意。

「我也勸過她好幾次，錢財乃身外之物嘛，幹嘛那麼介意呢？可是她就聽不下去，還常常罵我浪費。其實我是真的有點浪費啦，我一直想哦，台北已經玩得差不多了，哪天就搭高鐵去高雄好好逛一逛，可惜一直找不到伴。要是能有個像你這麼好相處又懂得享受人生的男人陪我去就好了……」

我豁出去了，開始在兩人身旁跳起扭扭舞，阿海驚訝地看著我。再度成為他的視線焦點讓我心情很好，反正戴著頭套，不怕他認出來，也不怕丟臉。

Elle試著拉回他的注意，「除了車子，我還想買套新音響，不知道你能不能幫我推薦……幹什麼啦！」我一抬手，一大把氣球擋住了她的臉。

她推開氣球，繼續努力，「我想你應該也很喜歡聽音樂吧？」

我一個大迴旋，從他們中間穿過去，順手把一個氣球遞給旁邊一個小女孩，逗得她格格直笑。

由於我跳得太賣力，四周圍了越來越多小孩，我跳著誇張的舞步，四處發送氣球，不時從阿海跟那個女人中間擠過，讓他們成為眾人視線的焦點。倒要看看林美惠小姐還能使出什麼花招。

阿海似乎並不討厭我的表演，還跟著小朋友一起拍手。然後他看了看表，「對不起，我得回去工作了。」

他轉身之後，Elle狠狠地瞪我，踩著三寸高跟鞋氣呼呼地走開了。我希望她扭到腳。

發完氣球，我已經全身虛脫。雖然整到了Elle，但她已經確實讓阿海對我產生不信任，得想想辦法才行。幸好傷害還不算大，相信以我跟阿海的感情，要彌補並不難。

我繼續工作，試著忽略心中另一個微小的聲音。

——我真的可以跟阿海結婚嗎？

＊＊＊

晚上，為了洗掉在兔寶寶裝裏悶出來的一身臭汗，我不得不花掉平常兩倍的水來洗澡。

他仍然溫柔地笑著，眼神卻有點飄忽，有些困惑，顯然Elle的謊話還在他腦裏迴響。

該死的Elle，我要是輸給妳就不是人！

然後我換好衣服，約阿海見面。

我勾著他的手臂，「今天顧攤很辛苦哦？」

「還好啦。」他欲言又止，顯然不知道該不該告訴我遇到Elle的事。「妳也很累吧？」

「嗯。」我乖巧地點頭，「說真的，其實今天不適合辦喪事的，可是我表舅公臨終前，指定要某位高僧來誦經，那位師父又只有今天有空，我們只好勉為其難了。」我疲憊地把頭靠在他肩頭，「我今天感觸好深哦。」

「感觸？」

「是啊。人生真的太短了，一定要好好把握，及時行樂才行。所以，」我抬頭對他粲笑，「我們去吃大餐吧！我查到一家新開的法國餐廳，據說是五星級的，而且夜景很美哦！

今天讓我請客吧。」

「呃，」他掙扎了半晌，終於開口了，「我想問一下，妳平常在辦公室都吃什麼？」

「幹嘛問這個？」我眨著無辜的眼睛。

「因為，Elle跟我說，妳一直很節省，對錢抓得很緊，連中飯都捨不得買。」

我輕笑一聲，「Elle的朋友全都是大老闆，每次送禮一出手就是好幾萬，當然覺得我很省啦。至於中飯，」我伸手摟著他的腰，「沒有人陪我，我當然只好隨便吃了。一個人吃飯很沒胃口的。」

他臉紅了，「妳可以跟其他同事一起吃飯啊。」

「可是，女生聚在一起的時候都在比來比去，比完老公比小孩，沒老公的就比男朋友，沒完沒了，聽了很煩耶。還是你要我找男同事一起吃飯？」

「當然不行！」他自己禁不住笑了，「好啦，是我不好，問了笨問題。不過妳身體還是要顧，三餐要正常，OK？」

「是！」我格格一笑，「那我們該去吃大餐了吧？」

看到他原本不知所措的表情，換上了安心的笑容，我的心也放下來了。

Elle，妳等著瞧吧！

浪漫晚餐結束後，我們去逛百貨公司。在廚具部門裏，我們無意見聽到一個售貨員正口若懸河地向一個男客推銷一套牛排刀。

「這個牌子有幾百年歷史了，向來是歐洲皇室的御用刀匠。我們的刀子都是用品質最好的鉻鋼，百分之百手工打造，不但造型高雅，用起來也很順手……」

我立刻插嘴，「我買一套。」

售貨員跟那男客都嚇了一跳，阿海更吃驚。

「可是，這個價錢買一套刀子？」

呵，這價錢是我打工費的五倍。

「我們都聽到啦，這不止是刀子，是藝術品呢。藝術品當然貴。」

「是沒錯啦，」阿海承認，「只是，要切牛排，普通刀子就夠用了吧？」

「此言差矣，北鼻。」我莊嚴肅穆地勸誡他，「除了實用，品味也是很重要滴！」

五

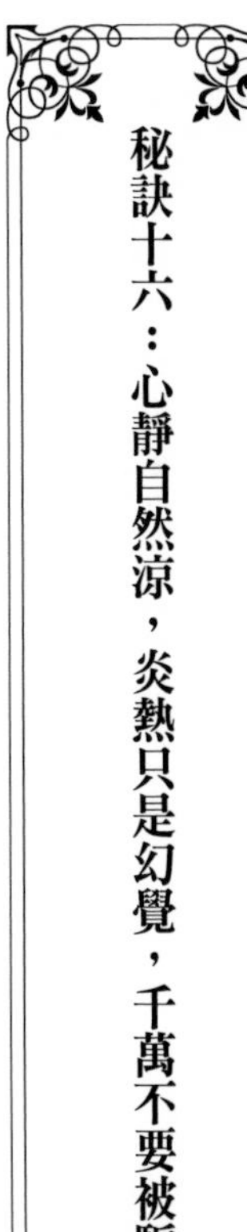

秘訣十六：心靜自然涼，炎熱只是幻覺，千萬不要被騙了。

當佳莉帶著大樓管理員和兩個陌生男子走進我們家門，四個人八隻眼睛目瞪口呆地看著我的時候，我不得不再度懷疑，我的人生是不是出了些問題？

之所以說「再度」，因為每天晚上我都躺在床上問自己：我怎麼會搞成這樣？存款數字慘不忍睹，房裏堆滿我八輩子也用不到的東西。每次進房間，都覺得心臟病快發作。

為什麼會這樣？原因很簡單，因為我喜歡阿海，不希望他認為我是個愛錢如命的小氣鬼。

但是，回答完這個問題，第二個問題馬上就會跑出來：我本來就是小氣鬼啊，這樣掩飾有什麼意義？

這個問題我沒辦法回答。

我能做的，就是卯起來節約——當然是在阿海看不到的地方。

沒跟阿海出去的晚上，我會把燈全關掉，只點一根蠟燭；並且把電扇和冷氣機都封起來，即使氣溫超過三十度。反正佳莉最近都不在，家裏我一個人作主。

老實說，光線不足確實有點麻煩，點著蠟燭洗澡洗衣很刺激，但是電話來的時候就麻煩了。昨晚我舉著燭台跑去接電話，不小心絆了一跤，蠟燭掉在地上熄滅了，幸好沒引起火災，但我的手被蠟油燙了一下，而且在黑暗中摸了好久才找到電話。

所以我現在學乖了，把話筒隨時放在身邊。

至於炎熱，拜託，古代人哪有什麼電扇跟冷氣？夏天不管再熱，都嘛是坐在屋外乘涼，順便聊天聯絡感情。輕羅小扇撲流螢，多風雅啊！

昨天晚上我也想復古一下，到陽台上吹風，偏偏風被四周的高樓擋住，幾乎跟屋裏一樣熱。陽台上也沒有螢火蟲，蚊子倒是不少。

我只好待在屋裏，坐在燭火溫暖的光圈中，不停搖著扇子。搖太輕沒有風，搖太用力又冒出一身汗。也許我可以把存摺拿出來當出來當冷氣用，因為我一看到它就全身發冷。

沒關係，我還有B計劃。打開屋內唯一還在運作的電器——冰箱，在五秒內取出我的秘密武器：保特瓶冰棍。把兩公升的保特瓶裝滿水，早上出門前丟進冷凍庫，到了晚上它就會冷得像冰山。拿條毛巾包著抱在懷裏，比電扇跟冷氣更有效，而且它不會額外耗電（冰箱總是要用的），還可以重覆利用，我覺得我真是天才。

托它的福，我才能在跟烤箱差不多的房裏睡上一覺。只是有個小缺點，每天早上被子跟衣服都會濕一大片，而且我好像有點感冒。

老實說，一個人待在黑漆漆的房子裏實在很無聊。不能看電視，更不能看書。昨天本想藉著燭光做阿海的紙箱，但是搖晃的光線讓我眼睛發痛。想打電話找阿海聊天，又怕他一時興起跑過來陪我，節約計劃又泡湯了。

沒辦法，為了錢，一定要忍耐。來算算我總共省下多少電費好了。電燈一個晚上省0.1度，電扇0.2度，洗衣機也是0.2度，冷氣4度，這樣加起來總共是……

因此，這就是佳莉和三個男人進門時看到的景象：公寓裏一片陰暗，唯一的光源是地上的一根小蠟燭；在昏黃的光圈中，一個披頭散髮，滿頭大汗的女人，懷中抱著一個不明物體，不停地繞著圈子踱步，嘴裏喃喃自語，胸前還濕了一大片。

「學……學姐，妳在幹什麼？」佳莉一臉驚恐，顯然認為我已經正式精神崩潰。

「沒事啦，」我露出愚蠢的笑容，一個不小心讓保特瓶滑出臂彎，差點砸到腳。「只是覺得點個蠟燭比較浪漫。」

開了燈後，我才想到，「管理員，你有事嗎？我管理費已經繳了呀。」

那位年近七十的老管理員臉上的震驚還沒有消失，「妳不是登記要出借房子嗎？所以我

帶了導演跟製作人來看環境啊。」

天哪！

「你，你怎麼沒先跟我說？」

「我昨天晚上就打電話通知妳了！」

原來就是昨天那通害我跌倒燙到手，還差點自焚的電話。但是我那時只顧著手上的燙傷，根本沒聽他說什麼。

太好了，居然被電影公司的人看到我這副德行，這下他們一定認為我家是瘋人院，絕對不會選這裏拍戲了。

永別了，我的租金！

＊＊＊

我真不敢相信，他們選了我家！製作人馬先生特別欣賞我的毛巾窗簾還有手工紙箱，說很適合電影的風格。

運氣果然還是站在我這邊啊，哈哈哈！

不過他們時間很緊湊，一週內就要開拍，所以我得趕快把房子空出來，而且拍攝期間不能回家。真可惜，還以為可以在旁邊欣賞他們拍戲，沒事可以跟明星聊天，順便討幾張簽名照去網拍。

佳莉已經等於住進男朋友家，一點也不是問題，我得另找住處。最好的選擇，當然就是阿海家。

阿海一口就答應了，而且比我還興奮。一來我家可以上鏡頭確實很酷，二來我們相處的時間就大大增加了。

我當然也很高興，但是想到我的節約計劃又必須暫時中止，心中不由得感到淡淡的哀愁。世道艱難啊……

***

秘訣十七：富貴險中求。為了賺錢，墓仔埔也要去啦！

早上進辦公室不久，佳莉跑來找我。這幾天我們各自住在男友家，一直沒見面。她看起來很焦慮，我還是第一次看她這麼慌張。

「學姐，真的很不好意思，我們店裏的冰箱跟烤箱忽然壞掉，緊急修理要調零件，還要給師傅加錢，可是昨天才剛結完貨款，我跟阿敦手上都沒這麼多現金，妳方不方便借我三千塊？」

我張著嘴，說不出話來。三千塊？借錢？借錢？

她眼睛有點紅，「對不起學姐，我知道妳不借錢給別人的，可是阿敦今天之內要趕出一個大蛋糕給客戶，真的很急。我的錢全都繳會錢繳掉了，上次逛街又花太多，只好來拜託妳。等我發薪水就還妳，好不好？」

救急不救窮指的就是這狀況吧？佳莉向來說話算話，一定會還我的。而且她不是為自己，是為了心愛的男友，多麼浪漫啊。

可是……借錢？

醒醒啊，可可。這不是別人，是佳莉耶！光為了那堆免費麵包，就該兩肋插刀了。

可是……借錢？

我身上當然沒有三千塊，但是到提款機領一下就行了。雖然存款水位已經逼近警戒線，三千塊還是湊得出來的。

可是……借錢？

就在我的腦袋像個故障的收音機吱吱亂叫的時候，佳莉焦急的表情逐漸消失，最後變成一片模糊。

「還是算了，我找別人借好了。」

「不是，我……」

「沒關係，別介意。」她擠出一個笑容，「抱歉，打擾了。」

「佳莉……」

她頭也不回地走了。

我回到座位，覺得非常不舒服。

搞什麼啊？我又沒說不借！只不過是發呆了一分鐘沒回答而已，幹嘛一臉活像我當面潑她冷水的表情？

忽然接收到不習慣的訊息，我的腦袋當然會一下子轉不過來啊！

她自己也說啦，她比誰都清楚，我從來不借錢給別人，幹嘛還要跑來找我——

如果不是逼不得已，她是絕不會找我的。

我忽然感到呼吸困難。

好像……正在一步步失去很重要的東西……

「可可！」

突如其來的叫喚，和肩上的一拍，讓我嚇得跳到半天高，反而把叫我的人給嚇到了。

「妳幹嘛啦！」小愛按著胸口，「叫妳一聲而已，怎麼反應這麼誇張？」

「拜託妳溫柔一點好不好，我最近心臟很弱耶。」

她一臉賊笑，「怎麼，晚上太忙，心臟負荷過大是不是？甜蜜的同居生活啊……」

「神經！」我拍她一下。眼角瞥到對面的Elle正是一臉不爽，原本鬱悶的心情立刻大大好轉。

哼，現在我已經登堂入室了，看妳還有什麼花招！

話說回來，跟阿海同住確實讓我的心臟負荷過重，然而卻不是晚上太忙的緣故。生活在一個屋簷下，我不但不能執行省水省電計劃，還得看著阿海花錢，心臟沒痲痺真是奇蹟。

阿海開冰箱從來不計時，總是把冰箱門大大敞開，在裏面東翻西找半天，要是找不到中意的東西還會立刻出去買，看得我心中滴血。

還不止這樣。昨天晚上他放了一大缸水，浸了滿滿的玫瑰花瓣，約我洗鴛鴦浴。理論上我不反對，但是難道就不能用淋浴的嗎？況且玫瑰花瓣只要去跟花店討賣剩的花回來拔就好了，為什麼要買那種一包好幾百的乾燥花呢？

阿海看出我笑容很僵，問我怎麼了，我只好回答對玫瑰花過敏。他為此非常歉疚，氣氛自然也破壞光了。

我覺得很對不起他。為什麼我就是沒辦法暫時忘記水費跟玫瑰花的錢呢？如果換了

Elle，鐵定是不管三七二十一，先盡情享受再說。

可惡！不要再想了！總之就先忍一忍，等片子拍完我就可以領到一筆錢，還可以搬回家住，到時就沒這些煩惱了。

往好處想，至少阿海只要錢花完就會停手，不像Elle還會胡亂刷卡借錢揮霍。萬一他帳上出現赤字，我非當場暴斃不可。

小愛還在嘮叨，「可可妳最幸福了，只要讓男朋友照顧就好了。像我們這些沒男朋友的人，就只好拼命賺錢，真是淒涼啊。」

拼命賺錢怎麼會淒涼呢？真是人在福中不知福！哪像我，滿腦子想賺錢卻沒機會，弄得心情鬱卒，動不動做錯事。

如果我的錢包滿到爆開，別說三千塊，就算佳莉跟我借三十萬我也不會皺一下眉頭。偏偏我現在窮到快被鬼抓走，才會一聽到借錢就腦袋當機，傷了佳莉的心。

沒錯，一切都是因為沒錢的關係，只要有錢就什麼煩惱都沒了。

我一定要賺錢！卯起來賺錢！

「我有個學姐，她晚上還去葬儀社打工耶。一天要洗好多屍體，嚇都嚇死了。問她幹嘛做這種工作，她說反正沒約會，而且錢很多。」

小愛的最後三個字讓我心中一震。錢很多？對啊，就是沒人敢做的工作錢才會多嘛。我以前居然沒想到，只會去找扮演兔寶寶這種小兒科的工作，真是太沒出息了！

要賺大錢，除了恒心毅力，還要有過人的勇氣才行。葬儀社，我來了！

＊＊＊

下班之後，佳莉打電話給我，說麵包店的事已經解決了，叫我不要放在心上。我真高興她人在電話的另一端，看不見我面紅耳赤的模樣。

回到家，阿海下班時間還沒到，漸暗的屋裏靜悄悄的。當我一打開燈——

「surprise！」

四個人影跳出來，朝我大喊，嚇得我差點撞翻落地燈。

「阿海？你怎麼這麼早回來？還有你們……」他的三個損友都來了。

古錐笑著說：「我們想慶祝大嫂喬遷，就過來幫大哥把房子整理了一下。房子總要弄漂亮一點，才配得上女主人啊。」

我這才注意到，原本有些凌亂的公寓，現在打掃得整整齊齊，殺風景的白牆貼上了典雅的壁紙和可愛的畫框，桌上多了鮮花和漂亮的桌巾，總算從單身男子的狗窩變成有女主人的溫暖小屋。

氣氛是不錯，但是……

我連為這些花費哀悼的力氣都沒了。

晚上當然是男主人大宴賓客，飲料跟各式小菜擺了滿滿一桌，難得的是這群客人也沒白吃。

「大嫂，這是我一點心意。」

「大嫂，我不擅長買女生的東西，請笑納。」

三個人全都送了我禮物，雖然全是我用不著的東西，還是讓我慚愧了一下。

古錐說的沒錯，他們的確是不分彼此，感情深厚。平常雖然老讓阿海破費，但是只要阿海一開口，他們總是無條件提供人力。就像今天，把手邊的事全放下，跑來幫忙佈置房子，還為我買了禮物，誠心誠意地祝福我跟阿海。

我一味把他們當成只會占阿海便宜的米蟲，似乎太過分了些。

至於我自己，又是什麼樣的朋友呢？

我好想找個洞鑽進去。

到了晚上九點半，事情發生了。

阿海忽然想到，「對了小原，你女朋友下班了沒？要不要找她一起來？不然她沒人陪很可憐欸。」

雖然阿海熱情邀約，我卻覺得空氣好像變涼了。

小原面無表情地說：「我們分手了。」

「啥？」阿海大驚，「什麼時候的事？」

「上次double date以後不久就分了。」

「你怎麼都沒講？」阿海環視另外兩人，卻更加吃驚。古錐跟比比的表情都有點心虛。

「你們都知道？卻沒跟我說？」

古錐連忙說：「小原是說，海哥你現在比較忙，不想讓你擔心。我們也覺得有道理，反正你也幫不上忙……」

「什麼話！幹嘛這麼見外啊？我至少可以幫你說幾句好話。到底為什麼分手？」

小原聳肩，「她就是看不上我啊。」

「少來，你是準博士還看不上？你很奇怪耶，之前交了女朋友一直藏著不介紹給我認識，現在又一聲不吭分手不跟我說。到底是什麼原因？」

小原瞄了我一眼，顯然正在壓抑情緒。

「幹嘛這麼在意？你跟嫂子兩個人甜甜蜜蜜不就好了？何必蹚我的渾水？」

我忽然有種非常不妙的感覺，想要立刻阻止阿海追問，但是我也知道他不會聽我的。

「少廢話，你不說我直接去問她哦。」

白目的古錐跟比比也跟著敲邊鼓，「對嘛，小原，你說說看，海哥說不定幫得上忙……」

小原忍無可忍，大聲說：「幫什麼忙？我們就是因為你才分手的！」

大夥還沒回過神來，我就胡里胡塗被拖下水了。

「大嫂妳憑良心說，世界上的女人見到這位仁兄之後，」他指向阿海，「還會再多看我一眼嗎？」

「呃……」這可真難回答，「各人品味不一樣啊……」

「少來這套。我就是知道會這樣，才一直不敢把她介紹給阿海認識，那天在路上一碰到，我就知道這段感情鐵定完蛋了。」

「喂！」阿海大聲反駁，「你不要亂講話。我只有那天晚上見過她一次而已，根本沒對她做什麼！」

「哪用得著做什麼？你光是站著，周圍的男人就會自己變成癩蛤蟆！而且你老是愛耍帥，只要人一多你就一定要充凱子當大哥，幾千塊的飯錢就這樣拿出來……」

「喂喂喂！」我跳了起來，「明明是你自己打腫臉充胖子要帶人家去高級餐廳，臨時又付不出錢來，阿海才請客的欸！講這什麼話？」

「就算我有帶錢，他還不是一樣搶著請客？而且還熱情得要命，問東問西又噓寒問暖，反正永遠都是他最帥，待人最親切，出手最大方，別人一點表現的機會都沒有！」

真是夠了。連我都不覺得阿海對別人女朋友親切得過分了，他在叫個屁啊？

「不然你是要他對你女朋友擺臭臉嗎？自己長得醜就不要怪人家帥啦！無理取鬧！」

旁邊兩個人忙著做和事佬，「好了好了，大嫂別生氣，全都是誤會嘛。」

「小原你不要再說了！」

小原撇頭，「我剛剛就一直不想說，是海哥一定要問的。」

阿海一來太過震驚，二來沒機會打斷我，直到現在才開口。

「原來你是這樣看我的？我做的一切事都只是愛現，要帥？」

小原轉過頭來，「我只是覺得你做了太多不必要的事，熱情過頭就變成虛偽了。」

他指向古錐和比比，「比如說這兩個傢伙。就是你一直沒頭沒腦塞錢給他們，他們才老是不肯清醒，好好去找工作。這樣不是變成你害他們了嗎？」

古錐和比比也火大了，朝著他破口大罵，我跟阿海的愛巢頓時變成戰場。

奇怪的是，我的火氣反而熄滅了。冷眼看著這一幕，我終於明白自己這麼愛錢的理由。

不是什麼童年創傷，也跟半夜躲債娃娃屋被砸沒有關係，只是一個非常簡單易懂的原因。錢是永恆的。

不要跟我說什麼錢會貶值。除非國家滅亡，不管再怎麼貶值，錢永遠不會被沖進馬桶。

衣服會破，電器會故障，房子會漏水，朋友會翻臉，但是鈔票只要緊緊握在手裏，不管變得再髒再破再皺，它的價值永遠不會消滅。

這不是很值得安慰的事嗎？

「好了，別吵了！」阿海花了九牛二虎之力阻止三人爭吵，自己也努力冷靜下來。

「小原，如果我做了什麼事讓你覺得沒面子，我向你道歉。但是我絕對沒有愛現出風頭的意思，我只是覺得朋友就應該有福同享，沒什麼好計較的。」

小原苦笑一聲，「海哥，『有福同享』這種事，只有在大家都一無所有的時候才行得通。現在大家各有各的日子要過，還是學著計較一點比較好。」

不得不承認，我同意他的話。

小原離開了，古錐和比比也氣呼呼地走了。阿海茫然看著他們離開。看到他的表情，我心都碎了。

雖然希望那群損友離他遠一點，可是我更不希望他傷心難過啊。

因為不知道該怎麼安慰他，我只能默默地收拾杯盤。

「我來吧。」他靠過來幫忙，表情還是很落寞。

「阿海……」

他擠出一個笑容，「小原最近論文進展一直不順利，又跟女朋友分手，講話過分了點，妳別介意。」

「……那你也不要介意啊。」

他怔怔地看著我，然後再也撐不住，坐在地上，雙手撐著臉。我只能做一件事：緊緊地抱著他。

「我只是……想要照顧朋友而已……為什麼……」

「這不是你的錯，他只是在遷怒。」我在他耳邊像催眠似地念著，「會為這種奇怪理由分手的女孩，根本不適合他，小原早晚會明白的。你放心，他一定會明白的……」

其實我很想告訴他，好人不見得討人喜歡。一個天生熱情體貼又慷慨的人，往往會讓別人面子不好看。當然我是例外，我只在乎存摺好不好看。

算了，現在跟他說這個也沒用。反正他跟小原鬧翻，就少了一個亂花錢的理由，對我來說是天大的好事。

但是我心裏很難受，非常難受。

＊＊＊

第二天，古錐和比比跑來找阿海喝酒，邊喝邊罵小原嘴賤，罵得痛快極了。但是我感覺得到，他們跟阿海之間，一時也沒辦法恢復之前的熱絡。畢竟小原一句話戳中了他們的死穴——兩個不知振作的米蟲。

本來以為經過這次大吵，阿海花錢會收斂一點，結果又是我想太多，他把滿腔怒氣全加在那疊萬惡的鈔票上了。

我早該想到，愛花錢的人心情不好的時候當然更愛花錢啦！看他心情這麼差，我也不能多說什麼，只要他能夠發洩情緒，其他的都好商量。

我跑回老家挖出中學的制服，跟他玩角色扮演，總算讓他開心了一點。

直到這時，我才敢告訴他我最新的決定。

他聽到我要去葬儀社打工，當然是非常吃驚。

「白天上班已經夠累了，為什麼晚上還要兼差？而且做這種工作不會很彆扭嗎？」

「因為，自從表舅公過世以後，我一直覺得很空虛，心裏好像卡了什麼東西一樣。」我長長地歎了口氣，「人生真的太短暫了。辛苦了半輩子，一撒手什麼都沒了，到底有什麼意義呢？」

「所以才要及時行樂，這不是妳自己說的嗎？」

「對，可是我又覺得悶悶的，好像哪裏出了問題。」這倒不全是謊話，幾天來我一直有這種感覺。「我想說去那邊工作，也許對生死會看得比較透徹，心情也會比較豁達一點。」

「妳可不要看破紅塵跑去出家哦。」

看他真的很擔心的樣子，我忍不住笑出來。「傻瓜！」

他也笑了，但笑容很快被失望淹沒。「我本來想說，好不容易住在一起，可以有更多時間跟妳相處。」

我的心臟很痛，非常痛。他現在正是最需要我的時候，我居然要去打工？

但是，越來越慘烈的存款數字，真的讓我快要精神崩潰了。

「對不起嘛，我先做一陣子，等心情平靜下來就辭掉，好不好？」

花了很多時間安撫他，他才稍微釋懷。同時我也計劃好了，等拿到房子的租金和打工費，我就全交給媽媽保管，跟阿海說媽媽有急用，這樣就可以把錢存下來，也不怕被當成小氣鬼。

對不起阿海，我手上一定要有存款，否則根本沒辦法安心過日子，請你原諒我吧！

***

「阿姐，妳怎麼這麼早走啊！還沒有做阿嬤，怎麼捨得走呢？」

看到一個六十出頭的大叔，不顧男子漢的尊嚴，對著從冰櫃裏拉出來的姐姐嚎啕大哭，就是鐵石心腸也會鼻酸。早上才在路邊拿到的面紙，現在已經全用完了，真糟糕。下次記得多拿幾包。

然而，隨著時間過去，另一股強大的力量開始壓迫著我的心臟，我眼前冒出金星，全身躁動不安，彷彿站在熱油鍋裏，幾乎要跳起來。

這，這到底是怎麼了？

無意間瞄了一下手腕上的唐老鴨表，我找到了答案。媽呀，他已經足足哭了五分鐘，也就是說，這台體積龐大，耗電量驚人的冰櫃也開了五分鐘！

我想也不想，跳上前去用最快速度把冰櫃連同大叔的姐姐一把推回原位。頓時全場一片寂靜，大叔火紅的雙眼瞪著我，非常恐怖。

「喂，我在跟阮阿姐講話，妳把她推進去是什麼意思？」

我當場嚇矮了三寸，一時控制不了嘴巴。「因為，冰櫃開太久會……」

就在這時，禮儀師王小姐狠狠踢我一腳，疼得我腦袋短路，下面那句「浪費電」就講不出來。

王小姐堆出抱歉的笑容，對大叔解釋，「我們小姐的意思是，冰櫃開太久對大體不好，可能會有損傷。為了讓令姐在告別式的時候美美地讓大家看最後一眼，還是早點冰回去比較好，請您不要見怪。來，我們去那邊坐一下吧。」她回頭冷冷地對我說：「好了，妳去忙妳的吧，今天還有很多客戶要做，不是嗎？」

「有很多客戶要做」聽起來很容易想歪，但真正的意思是「有很多大體要洗」，每個晚上我至少要洗十個客戶，真的很累。我摸摸鼻子，快速走向沐浴室。

今晚的第一具大體已經送來了。我調整了照明，努力移開視線，不去看枱子上的「客戶」。

禮儀師王小姐只有第一天上班的時候來教我認識環境，並指導我工作，之後的每天晚上，都讓我一個人自生自滅。

在陰暗的光線下，看到那些冰冷、僵硬的大體，總是讓我手腳發軟，心跳嚴重混亂。更別提那些意外過世的人，外表絕對不會好看到哪去。還好我晚餐向來吃很少，否則鐵定全部回歸大自然。

撇開這些不談，還有一個最基本的理由：一半以上的大體是男、的、啊！近一個禮拜下來，我的眼睛已經快脫窗了。

沒辦法，為了賺錢，再怕也得拼了。我戴上手套，扭開水龍頭，一邊發抖一邊沖洗。福馬林的味道刺得我頭昏眼花，好幾次產生幻覺，看到客戶在動，嚇得我手軟腳軟。

既然沒人監督，洗到下半身的時候，我向來都是閉上眼睛靠著模糊的印象去洗，要是摸到奇怪的東西，我一律騙自己是客戶的肌肉特別發達。

「喂！」

這聲叫喚差點轟爆我的膽囊，我跳了起來，衝到牆邊緊緊貼著牆壁，這時我才發現我在尖叫，而在陰暗中的那個身影也在尖叫。

「妳幹什麼啦！」原來是王小姐。奇怪，她今天怎麼會進來？

「我我，我嚇了一跳……」

「妳為什麼閉著眼睛洗？」

「我……眼睛被福馬林弄得有點痛……」

「少來，哪那麼誇張？妳害怕也要有個限度好嗎？」

「可是真的很恐怖，而且又黑。」

「那妳為什麼不開燈？三個大燈只開一個當然黑啊！」

她伸手打開開關，整間沐浴室立刻亮如白晝，我刺痛的眼睛瞬間噴淚。電費啊……

在明亮的燈光下，王小姐怒髮衝冠，滿臉通紅，跟她比起來，枱子上的客戶還比較親切。

「妳說，是不是妳把冰櫃的溫度調高了？」

我吃了一驚，「沒有啊。」

「怎麼會沒有？剛才那個人來看他姐的時候，我還看到溫度是正常的，妳一走開，溫度就高了五度！」

我第一個念頭是：有人陷害我！一定是Elle偷偷追到葬儀社來，趁我不注意亂動手腳！

但是，隨著我努力思索，一個模糊的記憶逐漸浮上腦海。

剛才我從冰櫃那邊準備回到沐浴室的時候，無意間瞄到冰櫃的溫度控制器，上面顯示零下五度，代表著慘絕人寰的耗電量和電費帳單。我隱約記得背上起了一陣惡寒，然後我的手不由自主地伸了出去，按下了調整鈕……

天哪，兇手真的是我！但是，這是潛意識的本能反應啊！我要以精神因素抗辯！

王小姐齜牙裂嘴地說：「妳知不知道妳這樣亂動冰櫃，裏面的大體會受到多大的傷害？還好我發現得早，不然所有的損害都要妳一個人賠償！」

我決定放棄抗辯，直接把我的手銬起來。賠償？開什麼玩笑！

這時，地上的一件東西引起我的注意，我再度慘叫出聲，撲上前去。我的表情一定很兇惡，王小姐似乎以為我要殺她滅口，嚇得轉身逃向門口，卻不小心絆了一跤。她驚恐地看著我。

「對，對不起，我不該對妳這麼兇，拜託妳高抬貴手……」

我從她身邊跑過，到水槽旁飛快關上水龍頭，然後我彎腰撿起那個害她跌倒的東西：水管。這水管剛才被我嚇得扔在地上，一直不停地流著水。

「啊啊，水全都浪費掉了！」

王小姐爬起來，她的臉完全變成綠色。

「我說可可小姐，水費跟電費都是公司付又不是妳付，妳那麼緊張幹什麼？」

我悲傷地說：「我知道，可是我就是管不住自己呀。」

由於這陣子在阿海家裏拼命壓抑節約的衝動，壓得太過頭了，只要一出家門我就會完全失去控制。一看到電源跟水龍頭開著，直覺就會不管三七二十一衝過去把它關上。我還曾經順手按掉公司洗手間的燈，引來震天的尖叫聲。

現在我每次經過辦公室的電源總開關，一定是低著頭快步前進，要是多瞄它一眼，我可能就會做出要命的事來。

真的被窮鬼附身了，苦啊……

本來還暗自期望，一旦葬儀社老闆發現我上工之後公司的水電費大量減少，會龍心大悅發獎金給我，現在看來是不可能了。

她翻了個大白眼，指著檯子上的大體說：「妳看看這個客戶，他本來是個大老闆，隨便一條領帶就要上萬，現在還不是光溜溜地躺在檯子上？妳進來這幾天，難道沒有一點領悟嗎？」

「有啊。我領悟到人要先存夠錢才能死，葬儀社的費用真的好貴哦。」

她的臉開始抽搐，好奇怪，跟我說話的人常有這個毛病。

「我是說，錢乃身外之物，生不帶來死不帶去！人早晚都要死的，妳這麼計較到底有什麼意義？」

我很疑惑，「既然這樣，人走了以後立刻下葬不就好了，為什麼還要花那麼多錢辦葬禮，還買那麼貴的棺材，訂那麼大的禮堂？擺這麼多排場，往生者也享受不到啊。生不帶來死不帶去，不是嗎？」

「傻瓜，那些排場不是為了往生者，是為了家人！往生者才不在乎這些東西，重要的是把場面弄漂亮一點，家人才會比較安慰啊。」

「既然這樣，只要努力省錢，多留一點錢給家人，家人不就更安慰了嗎？」辦那麼盛大的葬禮，要是錢沒分好，讓家人像阿海的老爸跟老舅那樣在靈堂上大打出手，不是更丟臉嗎？

她答不出來，表情更兇惡了。「反正妳給我記好，像妳這樣只顧省錢不尊重往生者，總有一天會遭報應的！」

「妳不是說往生者不在乎這些東西嗎？」

看到她的表情，我決定今晚千萬不能再開口，否則就會換我躺在檯子上。

每洗完一具大體就得推進準備室，再去領取下一具，所以得要來回兩邊跑，跑得我腿都沒感覺了。好不容易把今晚的客戶都處理完，我換好衣服走向出口，卻熊熊被玻璃門上的影像嚇了一大跳。這什麼東西？披頭散髮，還一腳高一腳低，莫非是貞子？

再仔細一看，原來是累得半死的我自己。呿！

正打算快快離開的時候，王小姐卻追了出來。「可可，可可，等一下！」

還要幹嘛？

「妳剛剛洗的是第幾號大體？」

「1107啊。」我是照單子上的號碼領的。

「要洗的是1109。妳領錯大體了！」她把名單遞到我面前，讓我看清那個長得很像「7」的「9」。「客戶馬上就要入殮，妳快點回來重洗！」

天啊，燈光太暗果然會發生恐怖的事！

＊＊＊

總之，葬儀社的生活每天都在一片黑暗中渡過，我的心情也越來越陰暗。現在唯一能點亮我人生的，就是兩天後的發薪日。雖然我只做了半個月，金額還是很值得期待的。

這晚回到家，我發現阿海的臉色不太好看。

「你怎麼了？身體不舒服？」希望不是小原又來找他麻煩。

他輕笑，「不是啦，是我爸。這陣子他一直給我留言，我都沒回，那天聽妳講表舅公的事，我覺得我也該盡一下孝道，今天就給他打了個電話，結果妳猜他找我幹嘛？要錢。」

「啥？」我驚呼，「他不是很有錢嗎？」

「全花光了，很離譜吧？離婚的時候分了一半財產，我媽過世的時候我又把遺產全給

他，居然不到一年就花光了。到底是怎麼用的啊？就不能省一點嗎？」

咦？我耳朵故障了嗎？「省一點」這三個字怎麼可能從阿海嘴裏跑出來？

因為太過震驚，我管不住自己的嘴巴。

「你不是說，手上有閒錢就要趕快花光，一旦留久了腦袋就會扭曲嗎？」

他一呆。「那不一樣。年輕的時候有辦法工作養自己，當然不用緊抓著錢。我爸年紀一大把了，不留點老本怎麼行？」

「所以說，老人家腦袋扭曲一點沒有關係嘍？話說回來，年輕的時候不存錢，到老怎麼會有老本？」

他瞪大眼睛看我，俊美的臉蛋整個紅了起來，而且還有點發脹。

我這才驚覺：我在幹嘛？為什麼要這樣嗆他？

看他目瞪口呆的表情，我幾乎可以聽到Elle那些挑撥離間的話又開始在他腦子裏重播：可可很愛錢，絕對不跟沒錢沒未來的人在一起……

「我的意思是，也許你爸只是跟你觀念一樣而已。畢竟是父子嘛，總有相像的地方。」

這話一出，他臉色更難看了。我真想踹自己一腳。

明知他對他爸很不滿，幹嘛還說他們很像啊！

「呃……其實也沒那麼像啦。」

為什麼，為什麼連講句話都這麼累？

我深吸一口氣，「說句老實話你別生氣：你爸吃喝玩樂過那麼爽，沒錢了再找你要，有點不夠意思。你雖然也不愛存錢，至少你沒向別人伸手。人活在世上，只要不給別人添麻煩，就已經很了不起了。」

他的表情變得更迷惘。

「人真的有可能永遠不給別人添麻煩嗎？」

「可以啊。」我就做得到。

阿海低頭想了一下，抬起頭來，清澈的眼睛凝視著我。

「對我來說，添麻煩什麼的並不重要。重要的是，當別人需要我的時候，我一定幫得上忙。」他苦笑，「不過小原大概又會說我虛偽吧。」

「你管他說什麼？自己虛偽的人最愛說別人虛偽啦！」

我的聲音有點沙啞，因為良心在抽筋。阿海需要我陪伴的時候，我在哪裏？佳莉需要我借錢的時候，我在幹嘛？

「妳怎麼臉色不太好看？」

「沒事。所以你答應給你爸錢？」廢話，一定答應了。

看到他點頭，我隨口「哦」了一聲就衝進浴室。

走出浴室沒看到阿海，找了半天才看到他在後陽台講手機。他刻意壓低了聲音，我只聽到片段。

「明天晚上……說定了……我知道……穿漂亮一點……」他一回頭看到我，竟嚇得差點弄掉手機，飛快地朝話筒說：「明天見，掰！」就飛快切斷了電話。

我說：「不好意思，吵到你了？」

他連連搖頭，「沒事沒事，反正也講完了。呃……是客戶。」

「這麼晚還要聯絡客戶，真辛苦。」

「是啊，反正最近我們沒排節目，我就多接了幾個工作。」

「對不起，沒空陪你。」

他連忙說：「不，我不是這意思。是……」

不知何故，他接不出話來。我們默默地對看幾秒，然後他提議回房睡覺，我同意了。

我一定是累壞了，直到躺在床上，腦子裏才開始警覺。

他為什麼一看到我就把電話切斷？為什麼要迫不及待告訴我對方是客戶？我並沒有問他呀。而且我聽過他跟客戶講電話，態度跟剛才完全不同。

不對，電話那頭的人一定不是客戶，而是某個他不想讓我知道的人。為什麼要騙我呢？難道，就因為我最近忙兼差沒空陪他，他又跟朋友吵架心情不好，然後就……

天氣很熱，我心裏卻有一股寒冷盤踞，比葬儀社的冰櫃還要冷。

不，不要亂想，我只是最近太累，又沒什麼機會跟阿海相處，容易疑神疑鬼而已。再加上剛剛那段沒交集的對話，多多少少影響到我的判斷力。

沒關係，等領了打工薪水，請一天假找阿海出去走走吧。一定不會有事的。

說是這麼說，第二天我還是一直焦躁難安。

他今晚跟人有約，對方到底是什麼人呢？

到了晚上，我實在忍不住了，趁著休息時間打他手機。

「喂，可可，什麼事啊？我在試車。」

好奇怪，既然是試車，我卻沒聽到引擎聲，反而聽到商店的背景音樂。

「哦，我只是突然很想你。抱歉，你在開車嗎？」

「不是啦，我陪客戶試車，現在停下來喝杯飲料休息一下。」

「嗯，那我就不打擾……」

這時，耳機裏傳來一個女人的叫喚：「阿海！」阿海立刻對她「噓」了一聲。

「對不起，客戶在叫我。我們回家再談吧。掰！」

我收起電話，心裏的寒冷比昨晚強了百倍。

那個女人的聲音是……Elle……

＊＊＊

「可可小姐。」

「幹嘛？」

「請問妳為什麼要一直看著我呢？」

我冷冷地說：「因為今天Elle小姐容光煥發，美得我都失神了。」

她發出她招牌的恐怖格格笑聲，「哎呀，真不好意思。老實說，我昨晚度過一個快樂的約會，所以今天精神特別好呢。」

我差點吐出來。

雖說她也（勉強）算是阿海的客戶，但是阿海沒必要偷偷跟她講電話，更不該背著我跟她見面。

昨晚，我在床上翻來覆去地回想了一整晚，還是沒辦法確定電話裏聽到的那個聲音到底是不是她。雖然很像，但是那時收訊並不是很清楚，背景還有音樂，聲音的距離又有點遠，很有可能聽錯，萬一我真的搞錯就糗大了。

我一點也不在乎Elle的清白，只怕冤枉了阿海。

「哦，對了，這個給妳。」她遞給我一張邀請卡。「我星期天要辦party，慶祝房子裝修完成，還請賞光。不過，如果不能來就不勉強了，反正整個辦公室的人都要來，不差妳一個。」

那妳就不要發給我啊！以為我愛去妳家？一個小小的家庭派對也要印邀請卡，她還真以為她是名媛哩。

看到我的表情，她又補了一句：「我也邀請了阿海，他答應要來哦。」

去死吧妳！

我越想越鬱悶，為什麼阿海也不跟我商量一聲，就自己決定去她家？

算了，現在不是煩這個的時候。今天是打工費入帳的日子，應該要舉國歡騰才對呀。我決定先去樓下補摺機刷一下本子，讓存款數字給我打氣。

錢沒有進來。

為什麼，為什麼錢沒入帳？到底為什麼？

我提醒自己冷靜，不要急，也許葬儀社的制度就是下午才轉薪水，總得給會計小姐一點時間嘛，晚一點再來刷好了。

整個下午，我跑了七八次補摺機，存摺都快給我刷爛了，薪水還是沒進來，打電話去葬儀社也沒人接，這下我真的沒辦法冷靜了。

好不容易撐到下班時間，我立刻一馬當先衝到葬儀社。

只見鐵門深鎖，門外圍了一大群人，連電視台轉播車都來了。這是怎樣？某個大人物出殯嗎？但是情況又不像，門口那些人一個個怒氣沖天，每個人都罵不絕口，還有人朝緊閉的鐵門灑冥紙，丟雞蛋。

「黑心葬儀社，把我的錢還來！」

「做這種夭壽事，你絕對全家死光光，生兒子沒屁眼啦！」

這……這到底是怎麼了？

我在人群中東張西望，看不到一個認識的人。拜託，好歹來個熟人告訴我情況吧？即使是囉嗦的王小姐也好啊！然而我只能被擠來擠去，還差點被雞蛋砸到。

拜託別丟了，雞蛋很貴耶！

我問旁邊一個全身黑西裝的男人，「請問發生什麼事？」

「什麼事？葬儀社倒啦！叫我們預付一堆費用，老闆自己把錢捲了就跑。我媽媽今天告別式，連個靈堂都沒有！」

什麼？倒了？怎麼可能，昨天還好好地呀，居然一聲不吭就……

那我的薪水怎麼辦？

看著身旁的男人雙眼暴凸的模樣，要是我這樣問他，可能下一個開告別式的人就是我了。我只好快快離開。

走在路上，腦袋和身體好像分家了，我完全沒有知覺，只是機械地往前走。做了兩星期的白工，一毛錢都沒拿到，我的存款依然見底，阿海可能劈腿了。為什麼我就是這麼不順？

拿起手機想打給阿海，但是，要是他正跟Elle在一起怎麼辦？我到底能去哪裏呢？我到底能做什麼？

手機響了，是阿海，非常著急。

「可可，妳看新聞了沒？妳兼差的那家葬儀社……」

「我已經知道了，剛去過那邊。」

「真是太誇張了，怎麼會遇到這種事？妳還好吧？」

「我……」還沒回答，眼淚已經噴了出來。啊，聽到他的聲音真是太好了！

「別哭別哭，告訴我妳在哪，我去找妳。」

＊＊＊

我們約在大安公園見面，我投入他懷中啜泣，他緊抱著我，溫柔地安慰我。

「真是委屈妳了，辛苦這麼久卻碰到這種事。還好妳不是為錢去做的，不然一定更傷心。放心，這種缺德老闆一定會遭報應的。妳就不要再多想，趕快把這事忘記就沒事了。對了，我去租台車，我們開去基隆散心好不好？開快一點的話，到基隆頂多八點半，我們可以去長榮桂冠吃晚餐，一邊看海上的夜景……」

「不要，不要！」這時候再花錢我會瘋掉。

我不知從哪裏湧出一股力氣，緊緊抓住他的手。「我哪裏都不想去，也不想吃東西。只要你握著我的手，陪著我坐一坐就好了，好不好？」

他被我的激動嚇了一跳，「呃，當然好啊。」

天黑了，公園裏的路燈亮起，像綴在黑暗中的珍珠。我們坐在長椅上，阿海遵守諾言，一直握著我的手。我靠在他肩頭，幾個星期以來累積的疲倦終於得到休息。

我們一直沒開口，我的眼淚也停了下來。夏夜的風吹在臉上，把淚痕吹乾，留下一片清涼。樹葉的香味襯著阿海的刮鬍水味，真是好聞。

安靜了很久，他開口了。

「我得向妳招認一件事：我說了謊。」

看到我驚訝坐起，他苦笑。

「之前跟妳說我答應借錢給我爸，那是假的。他要十萬，我說我頂多給一萬，他罵我拿他當乞丐，我就把電話掛了。」

什麼啊，我還以為他是在講Elle的事哩。不過這消息也夠驚人了。

「這又不是你的錯。沒代沒誌突然冒出來要十萬，誰受得了？」

他歎氣，「其實爸爸有急用，做兒子的就是去借也該借來給他，但是我實在受不了了。不止是告別式的事情，從小到大我從來沒看過他買任何東西送我媽，就連我媽生日，他也一點表示都沒有，又不是說窮到連一朵花一張卡片都買不起，真的很不夠意思。遇到那個排骨精以後，他卻變得超凱，有求必應，多貴的東西都買給她，搞到自己破產，這種狀況我實在幫不下手。」

「我知道啊，你一點也沒錯。但是你為什麼要瞞我？」

「我怕妳說我不孝，或是小氣。」看到我翻白眼，他笑了。「我知道，不是小氣，是kimochi。」

「很好，我講話都有在聽。」我靠回他肩上。

「我覺得，我爸之所以表現得這麼差，我媽也有責任。她從來不跟他要求什麼，也從來不抱怨，日子久了我爸就不把她當回事了，更不會珍惜她。後來的女人敢吵敢鬧，我爸就把她捧在手心，真的很不應該。」

他緊握著我的手，力道有點太大了些。但是我一點也不痛，只有滿滿的溫暖。

「我絕對不會這樣對待妳的。」

「嗯。」我相信。

「不管發生什麼事，我都會一直陪著妳的。」

他整晚都沒有放手。

＊＊＊

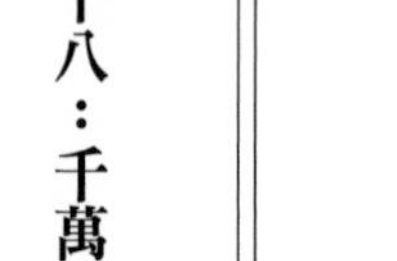

秘訣十八：千萬不要得罪即將付錢給你的人。

星期天晚上，我跟阿海去參加Elle的派對。

我現在已經完全不怕她的挑釁了，經過公園裏互相依偎的那晚，我確信阿海的心還在我身上，那個女人是不可能贏我的，所以我要正面迎戰。

為此我還做了件史無前例的創舉——上網標了一件二手名牌洋裝，可不能讓人認為阿海的女朋友穿得像劉媒婆。

我們先參觀了Elle的家，看那堆水晶吊燈跟蕾絲窗簾看到眼花。我也瞄了一眼她的寶貝進口馬桶，老實說，長得跟布萊德彼特不太像。

派對在樓下的社區會客室舉行，她請了外燴業者來包辦歐式自助餐。有不少客人帶了便當盒，擠在餐枱前猛裝菜，顯然打算把明天的三餐一併解決。

我和阿海遠遠地看著他們，頻頻搖頭。

「真是太難看了，簡直跟餓鬼一樣。」阿海說。

我附和，「是啊，看得好痛苦。」自己不能帶便當盒來裝，還得眼巴巴看別人搶菜，真是太痛苦了。

「阿海！可可！」

Elle一臉假笑，攙著一個男人朝我們走來。她穿著一件鮮紅的緊身洋裝，緊到連瞎子都看得出來她沒穿內衣。真服了她，乾脆直接在身上貼標價算了。不過她身邊的男人好像有些面熟，不知道在哪看過。

「真高興你們來。可可，我剛剛忘了說，妳今天穿得好美啊，這衣服前幾年很流行呢。」

又來這招，誰怕誰？

我回她一個大笑臉，「這是十年前的款式，我覺得復古一下也挺不錯的。美的東西本來就不該受時間限制嘛，對不對？」

阿海讚賞地看著我，「哇，我女朋友是詩人耶，真光榮。」

Elle的笑容黯淡了一些，隨即拉過身邊的男士。「可可，妳應該認識這位先生吧？他一直很想見妳呢。」

老實說，真的想不起來。

男人開口了，「我們現在正在借用妳的房子，非常感謝。」

哎呀！「你是那位電影製作人，呃，馬先生？」他跟導演來看房子那天我實在太尷尬，沒仔細看他的長相。要命，他居然也認識Elle！

「叫我小馬就好了。」他笑容可掬。

拜託，叫老馬還差不多！這人起碼五十歲，頭髮都半白了還學年輕人紮馬尾，亂噁心的。而且他眼袋很腫，臉上還有好多黑斑，顯然生活很不正常。唉，演藝圈真是糜爛啊，不過好像很賺錢……

「小馬是我的好朋友，那時候他們在找拍攝地點，我就向他們大力推薦可可的家，他一看，果然越看越中意，說跟他們的片子簡直是天作之合。」Elle輕佻地撞了老馬一下，「將來片子大賣，別忘了感謝我哦。」

討什麼人情啊，妳事先根本不知道我家拍片的事！看來這個馬製片是她的現任金主，樓上那個進口馬桶八成也是來自他的荷包。

「是是，多虧妳了。不過我還真沒想到會找到這麼適合的房子，看來我跟可可小姐很有緣呢。」

我雞皮疙瘩掉滿地，但是我的租金還在他手上，總不能叫他少肉麻，只好乾笑以對。

「對了，」老馬從西裝口袋裏掏出一本小冊子，「這是我們拍戲的時候在妳房裏撿到的，應該是很重要的東西，還是還妳比較好。」

我、的、天、哪！那是我以前用來記錄節約秘訣的本子，封面畫著一堆肌肉男，和「夜戀天堂」四個大字的那本……

你就非要在這時候拿出來不可嗎？

看著阿海目瞪口呆的表情，我真想一頭撞死。

Elle掩嘴偷笑，「哎呀，原來可可有這種嗜好啊？真特別呢。」

「不是啦！」我劈手奪回本子往包包一塞，「那是我以前選修社會學，要做報告用的資料。」

「妳還修過社會學？」阿海一臉疑惑。

「呃，一陣子而已。因為老師老是叫我們做一些很奇怪的報告，我就退選了。」

我的耳朵快跟Elle的洋裝一樣紅了。神啊，救救我吧！

不行了，原本打算跟Elle耗到底，看來還是趕快編個理由，拉著阿海走人比較好。

「對了阿海，上次那件事已經辦好了，」Elle勾住阿海的手，回頭對我嬌笑，「對不起可可，借一下妳男朋友，我們有很重要的事要談，待會就還妳。」

笑話！我立刻勾住阿海另一條手臂，「既然是重要的事，我應該也可以聽吧？我跟阿海是沒有秘密的。對不對，阿海？」

阿海卻是一臉不自在。

「可可，不好意思，我想跟Elle單獨談一下，妳等我好嗎？」

什麼？彷彿閃電敲在我頭上。他居然要丟下我，跟Elle單獨相處？

Elle得意得嘴都合不上了。「對了，可可，小馬剛到，還沒參觀過我家，就麻煩妳幫我導覽一下嘍。」也不等我回答，就拉著阿海離開了。

那隻老馬無視我受傷的表情，硬是靠了過來。「可可小姐，就麻煩妳了。」

這到底是什麼世界？我男朋友跟著別的女人走掉，留下我獨自應付討厭的中年大叔？這世界沒有天理！

算了，我不管了！

雖然大部分的客人都在樓下大吃，Elle家裏還留著幾個人。不是坐在沙發上擁吻，就是在吧台邊卿卿我我，擺明把她家當成免費賓館。老馬還對我說：「這裏氣氛真好啊。」

好個頭！我飛快帶著他在客廳和飯廳走一圈交差，反正臥室他早晚會看到。但是老馬卻硬要進廚房看看，還從冰箱裏拿出兩瓶啤酒，遞了一瓶給我，跟他說我不喝酒也不理。我只好勉強啜了一口。

「對了，有件事要跟妳說。我們最近拍片進度有點落後，得再借用妳家一個星期，當然租金一定會加算給妳，妳不介意吧？」

「好啊。」我無精打采地說。

「其實妳也可以回來看我們拍片啊，妳對拍電影應該很有興趣吧？而且，」他說著居然慢慢朝我挨近，「這樣我們就可以常常見面了。」

喂喂喂，搞什麼，這傢伙該不會一瓶啤酒就醉了吧？

我小心地避開他的碰觸，「我想不用了，不要打擾你們拍片。而且見到我對你也沒什麼好處。」

他笑得更討人厭，也更露骨了，「可可，妳就不用再矜持了。我知道妳當著男朋友的面，一定要掩飾一下，但是現在只有我們兩個人，妳可以明白地表達妳的心意啊。」

「什麼心意？你醉了是不是？」

他咧嘴大笑，臉上鬆垮的肉全擠在一起，真是嚇人。「幹嘛害羞呢，Elle都告訴我了。她說自從上次見面以後妳就一直愛慕我，還拜託她製造機會讓我們見面呢。妳最喜歡廚房對不對？最能讓妳興奮……」他說著居然還伸手摸我的頭髮。

可惡的Elle！

我一把揮開他的手，「那全是Elle亂講的，根本沒這回事，請你不要自作多情！我要走了！」

他拉住我，「我說過，妳就不用害羞了。其實我也覺得妳是個特別的女孩，第一眼看不怎麼樣，越看就越漂亮。我見過的女人這麼多，還沒碰過妳這型的。跟我在一起，保證妳每天過得像公主一樣。」

「我叫你不要自作多情……」

他媽的，這老色鬼居然吻我！噁心死了！我使勁推他，卻推不開。這下慘了！

「哎呀！」一聲驚呼，讓老馬終於放開我。我一回頭，看到廚房門口站著兩個人。Elle誇張地摀著嘴，剛才那聲尖叫就是她發出來的。而她身邊的人，是張口結舌的阿海。

我頓時體會到兔子踩中捕獸夾的心情。「阿海，我……」

能說什麼？這全是Elle設下的陷阱，而我就這麼笨笨地一腳踩進來！

Elle還在假惺惺地大呼小叫，「天哪，可可，妳怎麼可以這樣？妳怎麼對得起阿海？我真不敢相信妳是這種人！」

我朝她怒吼，「妳給我閉嘴，全是妳搞的鬼！」

阿海面無表情地走進廚房，我感到背上一陣惡寒。「阿海，我真的沒有……」

然而他從我身邊走過，站在老馬面前，一言不發地瞪著他。他高大的身材讓廚房顯得更小。

老馬一臉不在乎，「小伙子，別這麼生氣啦。我真羨慕你，有這麼積極主動又熱情的女朋友，吻功好得很呢！你一定每晚都很『性』福吧……」

下一秒，他已經被阿海一拳打得後退好幾步，猛然撞上冰箱。阿海箭步上前揪住他領口，把他狠狠抵在冰箱門上。

「給我道歉。」我從沒聽過他這麼殺氣騰騰的聲音，「你馬上跟可可道歉。」

「道什麼歉？我說了是她主動勾引我……」

阿海手上一使勁，他被掐得說不出話來。

「叫你道歉，有沒聽到？」阿海還是面無表情。

老馬掙扎著吸氣，勉強吐出一句，「可可，對……對不起……」

我還在發抖，怎麼也止不住，使盡全身力氣才有辦法開口。

「阿海……放開他吧，會死人的。」

阿海鬆開手，無視癱坐在冰箱前大口喘氣的老馬，回頭問我：「妳沒事吧？」

我猛力點頭，點得眼淚都掉出來了。阿海攙著我，「走吧。」

走到廚房門口，他停下腳步，對造成這一團亂的罪魁禍首說：「Elle，今天謝謝妳的幫忙。但是如果妳還當我是朋友，就請妳不要隨便懷疑可可的人格。」

Elle臉色蒼白，卻還是不服輸地反問：「你就這麼相信她？」

「那當然，」阿海輕輕一笑，「可可是絕對不會騙我的。」然後他帶著我穿過看熱鬧的人群，走出那個鬼地方。

＊＊＊

我們一直沒交談，直到回到家裏，他又問了我一次：「妳沒事吧？」

「沒事。」

這是謊話，我絕對不是沒事。我現在心裏亂成一團，腦袋都快漲破了。對於他跟Elle的可疑行為的不安，和被老馬佔便宜的憤怒和驚嚇都還沒消除。而當他來救我的時候，我對他的感激和熱愛徹底破表。

啊，阿海，就算要我陪你下地獄，我也一定會撩下去！

然而，想到他那句「可可是絕對不會騙我的」，我又羞愧到無地自容。

搞不好我連陪他下地獄的資格都沒有。

他沒注意到我心裏的掙扎，脫下外套，說：「我得跟妳道歉。其實我也覺得讓妳跟那個男人單獨相處不太好，但是我得跟Elle談很重要的事，所以……」

我啞著聲音說：「到底什麼事那麼重要？」看到他猶豫的表情，我搖手，「算了，不想說就不要說，我不勉強。很晚了，該睡了。」

他拉住我，「好吧。本來想等特別的場合再說，但是選日不如撞日，而且今天也算挺特別的。」

接下來，我一直以為只會在電影裏出現的事發生了：他把一個小盒子塞在我手裏，我光看那盒子上的名稱就頭昏眼花。

鑽戒。他買了鑽戒，比我頭上的日光燈還亮。

「因為Elle跟珠寶商比較熟，我拜託她幫我挑。上次我跟妳說陪客戶試車是假的，我是跟她一起去珠寶店。她還想幫我殺價，我說價錢不是重點，但是品質跟車工一定要好。今天我就是去跟她拿戒指，沒想到只離開一下下，妳就被人欺負了。真的很對不起。」

他說完這一大串，終於單膝跪下，「雖然場合不是很浪漫，但是我保證，以後絕對不會再騙妳，也不會讓妳落單，我一定會保護妳的。嫁給我，好不好？」

我眼睛發痛，可能是因為鑽石的光芒，也有可能是血壓的緣故。

「你……你怎麼會有錢買戒指？」這東西的價錢，絕對遠超過他一個月的薪水。

「哦，我辦了信用卡。」他笑得天真無比，「我還是第一次辦卡呢。」

帥，太帥了。「信用卡利息很貴的。」

「這個不重要，婚姻是終身大事，這點錢算什麼？」

「我……阿海，最近事情太多，你心情也一直不好，可能比較衝動，我想我們先不要急，冷靜一陣子再說好嗎？」

他失笑，「衝動？可可，妳以為我因為只不過跟小原吵個架，就急著想結婚嗎？怎麼可能啊！老實說，妳第一天搬進來的時候，我就決定不再讓妳搬出去。如果說小原的態度對我有影響，頂多就是讓我更確定要珍惜身邊的人而已。」

他含情脈脈地握著我的手，「我希望妳不要再為表舅公的死傷心了，也不要再懷疑人生的意義。我可以告訴妳，經過最近這麼多事情，我已經明白了，人生的意義就是找到志同道合的伴侶，一輩子守在一起，讓彼此圓滿。對我而言那個人就是妳，沒有人可以代替。所以我一定要給妳最好的，花多少錢都無所謂。請妳答應我，好嗎？」

很感人的求婚，真的很感人。加上他剛救了我，還維護我的名譽，我應該熱淚盈眶地答應他才對。我不是才發過誓，願意陪他下地獄嗎？

但是我的內心卻結凍了。凍成硬塊，然後逐漸碎裂。這回我變成拉他下地獄的人了，而且是最最恐怖的負債地獄。

不行，不能再這樣下去了。真的不行了……

我合上戒指盒，遞還給他，手完全沒發抖。「對不起，我不能答應。」

他一臉錯愕，「為什麼？難道又是塔羅牌叫妳不能結婚？還是妳媽媽去廟裏求了什麼簾？」

我搖頭，「不是。我不能嫁給你，因為你求錯人了。我不是你志同道合的伴侶，我跟你完全不一樣。我也不是那個『絕對不會騙你的人』，我從頭到尾一直在騙你。老實告訴你，我這輩子最恨的一句話，就是『錢不重要』。因為錢明明就很重要，我這輩子最愛的就是錢！我就是你最最討厭的愛錢鬼，懂嗎？」

他瞪大眼睛，彷彿不曉得該不該笑。「妳開玩笑的吧？」

我木然搖頭。「我實在不敢相信，你居然完全沒發現？我根本沒有什麼過世的表舅公，告別式那天我去園遊會打工，那隻一直在你身邊跳來跳去的兔子就是我。我用毛巾做窗簾，拿紙箱裝衣服，就是因為我捨不得花錢。我把房子借那隻大色馬拍戲，每天晚上洗大體，為的也是錢。我的人生意義就是拼命賺錢，拼命存錢，存款就是我的最愛。所以，很對不起，我絕對不可能嫁給一個不懂節約的男人。」

他臉色鐵青，嘴唇發抖，瞪了我許久，說：「既然這樣，妳為什麼還要跟我在一起？我一開始就告訴妳，我是這種人了！」

「因為我以為可以改變你，沒想到根本就不行，不管我再怎麼努力，你還是一直亂花錢。」

「我亂花錢又怎麼樣？我花我自己的錢，又不靠妳養！」

「話不是這樣說吧？兩個人在一起總要考慮未來，要買房子，還有小孩的教養費，這些全都跑不掉的。你不但不存錢，現在還刷爆信用卡，這樣下去早晚得靠我養！」

「我不是跟妳說過，船到橋頭自然直？」

「怎麼直？你告訴我啊。下個月戒指的帳單就要來了，你是要我空著肚子當新娘嗎？」

「反正妳就是看不起我沒錢嘛！我前女友也一樣，滿口積極上進，還不是嫌我薪水少？拜金女就拜金女，哪來那麼多理由？」

雖然滿心愧疚，聽到這話，火氣也不由得燒了起來。

「難道我愛錢就是拜金女？我這叫務實！你的生活方式根本就有問題，交往第二天就搞失蹤，讓我整整兩個星期找不到人，你有想過我的心情嗎？只會自作主張，自以為很浪漫，請歌星來又怎麼樣？這樣很不負責任你知不知道？」

「是嗎？那妳看到的歌星時候幹嘛還感動得一直哭？難道是假哭嗎？」

當然不是，我真的很感動啊！

「我是說，你不可以什麼事都只顧一時爽快，要考慮清楚，要理智……」

「哈！妳連幾千塊的牛排刀都買得下手，這算什麼理智？」

「我……」那還不是為了討好你！反正說來說去，我就是大白痴就對了。

他氣得快要咬到舌頭，「妳不爽我花錢就直接告訴我啊！幹嘛要一直騙我？」

「告訴你有什麼用？你會改嗎？你會為了我開始節省嗎？還不是又要扯一堆你爸爸你舅舅的陳年往事！根本就是藉口！」

他怔了兩秒，隨即用更大音量吼回來：「那妳也不該說謊啊！拿人當傻瓜很好玩嗎？就連小原都會罵我愛現，妳卻一直裝好人？吝嗇鬼已經很討厭了，虛偽的女人更噁心！」

噁心？我這麼久以來的辛苦，只換來噁心兩字？

我明白了一件事，其實他說得沒錯，我早該跟他攤牌，早早一刀兩斷，就不會有這些煩惱了。

我們兩個完全不適合，不屬於我的東西，一開始就不該強求。

這麼純潔的男人不該跟我這種愛計較又滿嘴謊言的女人在一起。

「我跟你沒話可說了。」我忍著眼淚，「你，你把戒指退掉吧，不要再欠錢了。」

「廢話！」他咆哮著，「要是我早知道妳是這種人，我連根橡皮筋都不會買給妳！」

我快步走回房間，開始收行李。

「很好，快點收吧，趕快收一收趕快滾。不願意陪我吃苦的人，沒資格住在我家裏。」

他拎起外套打開門，「我一個小時以後回來，到時候不要讓我看到妳！」

六

秘訣十九：慎選朋友，不要跟會害你破財的人……哦，這條寫過了。那麼，就改成「堅持到底」吧。不管別人說什麼，都要堅持到底……

今天的辦公室裏，照例又進行著同樣的對話。

「哇，Elle，妳這個ＬＶ包包不是才剛上市的限量款嗎？我昨天才從報紙上看到貝嫂拿著耶，沒想到今天妳就帶來了。」小愛一臉崇敬，彷彿看到菩薩顯靈。

「這沒什麼啦，新男朋友送的。他叫我盡量挑，他會付錢。我只買一個，他還不高興呢。」Elle用眼角瞄我，故意提高音量，「男人就應該這麼大方嘛，不然我們女孩子不是太委屈了嗎？」

我沒回話，繼續瞪著電腦螢幕，做自己的事；其他人繼續圍繞著那個包包讚不絕口，只差沒跪下來拜了。

沒有人知道，她口中的「新男朋友」，在幾天之前還向我求過婚。

分手第二天，阿海立刻就跟Elle送作堆。我想我大概沒資格抱怨，畢竟是我欺騙他在先。他之所以選擇坐我對面的Elle，而且發狂似地為她大買特買，擺明著是在報復我，我沒有權利責備他。

但是Elle就不一樣了。她到底知不知道，她桌上那個菩薩顯靈包，至少要花掉阿海兩個月的薪水？他根本沒有能力供她揮霍！要不了多久他就會被她榨乾，到時候她鐵定是頭也不回轉身就走。

就為了給我好看，她非得毀掉一個好男人不可嗎？太過份了吧？

話說回來，是阿海心甘情願掏錢的，我又有什麼立場說話呢？他向來認為把錢花掉才會快樂，那他現在一定很快樂吧？而且，要不是受了我的刺激，他大概不會失控成這樣。

真誠的友誼被朋友糟蹋，全心認定的終身伴侶又這樣對待他……

毀了阿海的人是我。

眼淚湧入眼眶，我站起來快步衝出辦公室，隱約可以聽到身後其他同事的叫喚，和Elle的嘲笑聲。

要笑就讓她笑吧，她的想法跟我有什麼關係？

晚上十點半，我無精打采地回到住處，說得詳細點就是佳莉的男朋友阿敦家的沙發。佳莉一聽說我被阿海趕出來，家裏又還在拍片不能回去，立刻說服阿敦讓我暫住。她真是心胸寬大，不計前嫌又溫柔體貼。希望阿海將來也能找到這樣的女孩。

住在情侶家裏當電燈泡當然很尷尬，但是我根本沒有選擇餘地。本來想去住辦公室，立刻就被工友杯杯給轟了出來，只得接受佳莉的好意。為了不打擾他們，我每天都盡量在外面待到十點才回去。

幸好，佳莉和阿敦的作息時間跟我差很多，他們早上很早起床，晚上也是夜深才回來，我在那裏住了三天，只跟他們打過一次照面。

本以為今晚也是這樣，不料一打開門，就看到他們依偎在我的床上，不是，他們的沙發上，耳鬢廝磨濃情蜜意，都快黏成一團了。一看到我，阿敦立刻跳起來，向我一點頭就回房去了。我真想找個洞鑽下去。

「對不起，打擾你們了。」我向佳莉道歉。

她臉泛桃花，目光迷濛。「沒關係，學姐妳回來得正好，我有事要告訴妳。」

等我就定位洗耳恭聽，她宣布了大消息：「今天晚上，阿敦向我求婚了。我們決定在半年內結婚。」

我看著她手上閃亮的戒指，呆呆地想著：哦，求婚啊？之前也有人向我求婚耶。我的戒指比佳莉的還漂亮，但是我卻把它退回去了。

我退回去了……

「學姐？」佳莉擔心的聲音喚回了我的神智，「不好意思，我知道這時候說這個一定會讓妳難過，但是妳住在這裏，也不可能瞞妳……」

「不不不，怎麼會呢？」我連忙振作精神，彌補我的失態，「這是喜事啊，當然應該告訴我。真是恭喜妳了！哇，接下來會很忙哦，要看日子，找場地，還要挑婚紗跟拍照。對了，妳一定要多看幾家多比價，必要的時候，我可以幫妳殺價。還有，我建議妳，對比較熟的朋友可以不用發喜帖，用EMAIL設計一下寄出去就好了，可以省很多印刷費跟郵費。我的那份妳連寄都不用寄，直接告訴我日期地點就行了。」

「呃，我沒有要發帖子給妳。」

「對呀，我就說不用寄給我……」

「學姐，學姐，」佳莉原本興奮的眼神，不知何故變得有些飄忽，「我是說，我們兩個找一天去吃個飯慶祝一下就好了，喜宴就……」

我終於明白了，「妳不要我去吃妳的喜酒？」

她臉紅了起來，「反正，反正妳也不喜歡這種場合啊。又要準備衣服，又要包禮金，還要付車費，很麻煩又花錢，所以妳才那麼討厭收帖子，不是嗎？」

沒錯，我的確是對她說過類似的話，可是……

「那是妳的婚禮啊，我怎麼會討厭呢？」

「是嗎？難道妳不會在心裏面想，喜宴場地太浪費，東西太少吃不飽，只會靠氣氛騙錢嗎？妳不是會一直盤算，要吃幾道菜才能值回妳的紅包嗎？就算我不收妳的紅包，妳大概也會覺得欠我一次，又一直想辦法要還我吧？」

我很想反駁她，我絕不會這樣待她，嘴巴卻怎麼也張不開。她會相信嗎？連我自己都不相信！

是啊，我就像阿海說的一樣討人厭。不管嘴上說得再好聽，骨子裏永遠是個斤斤計較，一毛不拔的小氣鬼。

佳莉咬咬下唇，繼續說：「我希望來參加我喜宴的人，都能開開心心地祝福我，而不是邊吃邊算錢。所以，我知道妳心裏在祝福我，這樣就夠了。如果妳來參加喜宴，妳我都會很困擾，還是免了吧。」

我已經麻木了，連生氣或難過的力氣都沒了。

「也對，妳沒有理由要讓一個連三千塊都不肯借妳的人參加妳的喜宴。」

「不是這個理由！」她難得地動怒了。「如果是別人跟妳借錢，妳一定二話不說拒絕，因為是我，所以妳會那麼猶豫又煩惱，這種事妳以為我看不出來嗎？太小看我了吧？」

「……不然是什麼理由？妳對我到底有什麼不滿？」

「我對妳沒有不滿，只希望妳不要老是把存款看得那麼重要。那只是數字而已，根本不代表什麼。」

「不代表什麼？」我跳起來，「存款就代表我！沒有存款我根本什麼都不是！」只要有存款，我就是工作努力勤儉持家，聰明能幹的可可。沒有存款的話，我是什麼？廢物米蟲可可？

我的回答讓佳莉小小吃了一驚，然後她長歎一聲。

「沒這麼嚴重吧？妳很完美啊。年輕漂亮，腦筋聰明手又巧，還有個很大的優點，就是從來不佔別人便宜。唯一的小缺點就是，妳也絕對不肯吃虧。只要能改掉這點……」

這話激起了我的火氣。「不肯吃虧有什麼不對？天底下有誰會喜歡吃虧？我又不欠別人什麼，憑什麼我要吃虧？」

她沒有生氣，只是淡淡地說：「既然這樣，跟那個老是害妳漏財的男朋友分手，妳應該很高興吧？為什麼妳一臉生不如死的表情呢？」

我答不出來。

＊＊＊

真是慘到不能再慘了，口袋沒錢，戀情破裂，現在連最要好的朋友都不要我去參加她的婚禮。我真是全世界最失敗的人！

既然被佳莉嫌棄，我也不能再住在阿敦家了。第二天星期六，我拎著行李離開了那個地方，可憐兮兮地在街上混了一整天，中午就去超商買包子當午餐。超商的書報架上放著一疊徵人的兼職資訊，我連翻都沒去翻。像我這種衰人要是去打工，搞不好會把人家害到倒店。

到了晚上，真的走不動了，只好回家。雖說電影公司的人還在，總該可以清塊地方給原屋主睡覺吧？現在只希望運氣好一點，不要碰到老馬。

我真是白痴，居然以為我現在還有「運氣」這種東西？老馬和他們的攝影師，正帶著幾個女助理，在我和佳莉的客廳裏喝得滿臉通紅呢。

之前在Elle家裏，老馬至少西裝筆挺，打扮得人模人樣，這回可不是。油光滿面酒氣薰天，領帶歪了一邊，襯衫上沾著不明污漬，真的是原型畢露。他看到我，一點也沒有尷尬的表情，還朝我咧嘴一笑，露出滿口黃板牙。

「哎喲，屋主回來了。咦，今天是週末，妳沒約會嗎？該不會是被那個暴力男友甩了吧？怎麼不去什麼『夜戀天堂』坐坐呢？」

其他幾個人立刻吃吃笑了起來，天曉得他們已經嘲笑我那本記事本多少次了。

我懶得跟他們計較，冷冷地說：「我今天要在家裏過夜，不會打擾你們吧？」

「沒問題，已經拍完了，我們正在慶祝呢。可可小姐也來喝一杯吧？」

「不用了。」我瞪著滿地的垃圾，撂下一句：「麻煩你們離開前一定要打掃乾淨。」

幸好，他們沒把我的房間弄亂。我飛快地沖了澡，便上床睡覺。白天走得太累，幾乎是一沾床就睡著了。耳邊隱約聽到外面的人笑鬧的聲音，迷迷糊糊地想：他們可千萬不要玩過頭把房子燒掉啊……

＊＊＊

夜裏，我忽然醒了過來。睜大眼睛躺在床上，完全搞不清楚為什麼會醒，只覺得心臟跳得很快，全身燥熱，四肢蠢蠢欲動，完全靜不下來。然後我聞到一股煙味。

媽的，他們真的燒房子了！

不過，那煙味並不像是房子著火的味道，反而是我自己好像要著火了。老馬他們還在嘻嘻哈哈，而且比之前更誇張，每一個音節都好像槌子敲在我鼓膜上。

我怒不可遏，衝出房間大吼：「你們安靜點行不行啊！」

沒有人理我，我自己也呆住了。整間房子白煙彌漫，那個奇怪的味道比我房間裏濃了好幾倍，薰得我眼睛差點睜不開。

只見老馬和他的狐群狗黨，正輪流拿著三支奇怪的玻璃吸管猛吸，還不時拿打火機燒那支吸管，白煙就是就是從裏面冒出來的。

「你們到底在幹嘛？」

老馬爛眉爛眼地看了我很久才認出我。「嗨，可可，妳也來哈一管吧，很爽哦。為了答謝妳借房子給我們，這管我招待，免費。」

他把吸管遞到我面前，我狠狠把管子推開。「你們把別人家當成什麼啊？給我出去！」

「別那麼掃興嘛，」老馬竟然朝我臉上噴出一口煙，嗆得我差點昏倒。「妳看，味道不錯吧？還混合了我嘴裏的精華哩。」

「精你個頭！臭死了！」

我知道我應該立刻把玻璃吸管全部砸爛，再給他們每個人狠狠一巴掌。但是我心臟跳得好快，呼吸很急促，幾乎喘不過氣來。

完了，快撐不住了……

門鈴響了。

＊＊＊

還有比這更誇張的事嗎？我被逮捕了！

因為有人密報我家裏在開吸毒轟趴，一群警察殺上門來，當場把老馬他們逮個正著。照理我應該是得救了，誰知老馬那王八蛋居然一口咬定是我找他們來家裏吸毒，還說安非他命是我給的，他的同夥也跟他一個鼻孔出氣，結果警察就相信了。不管我怎麼解釋，說我事先完全不知情，只是在睡覺時不小心吸到，他們就是不理我，硬要帶我上警局。

這世界還有天理嗎？我什麼都沒做，卻得在左鄰右舍眾目睽睽之下被押上警車。

這真是太超過了，我不顧警察阻止，不住朝車窗外大喊：「我沒有做！我沒有吸毒！我是被陷害的！」

忽然間，人群中出現一張臉，讓我驚得閉上嘴巴。阿海。

他怎麼會在這裏？而且還看到這一幕？看著他震驚的表情，我實在很想當場死了算了。這下可好，他一定認為我不但是個虛偽的騙子，還是個大毒蟲，拼命存錢就是為了買毒品。

我為什麼這麼倒楣啊！

警局是個恐怖的地方。並不是說裏面有什麼刑具或拷問室（我本來的確是這麼想），但是一進去，就要做一大堆莫名其妙的手續，登記、驗尿，像個物品一樣被帶來帶去，完全沒有自主能力，感覺很像準備上祭壇的神豬。

最後我被帶去偵訊。警察還是不相信我的說明，他們認為我自從拍片開始後就不住家裏，偏偏這晚跑回家，巧合得很可疑。而且其中一根玻璃管，哦，那個叫吸食器，上面還有我的指紋。廢話，我把吸食器推開，當然會碰到啊！

總之，他們認定我的供詞充滿疑點，不足採信。他們顯然不知道什麼叫「在錯誤的時間走到錯誤的地點」。

我有生以來第一次在警局過夜，真是嚇死人了。拘留室裏關了十幾個人，有爛醉的酒鬼（因此整間房裏都是酒味）、離家出走的女學生、偷竊被逮的不良少女、跟男友互毆臉上帶傷的粉領族，每個人都目光不善。

我縮在房間的角落，完全不敢看其他人。種種恐怖的念頭盤踞在我心裏揮之不去：萬一沒辦法證明我的清白怎麼辦？老馬他們會不會說更多謊話害我？要是遇到黑心警察，搞不好會對我刑求逼供，再把更多罪名套到我頭上，讓我一輩子翻不了身；更糟糕的是，說不定有人會趁機佔我便宜……

我完了！我這一生都毀了！再也看不到天日了！就連我的家人也會被我拖累，一輩子抬不起頭來。爸，媽！女兒不孝！我沒有臉見你們！

都是我不好，就為了那幾個錢，笨笨地把房子租給陌生人，讓他們胡搞瞎搞，弄到自己跳到黃河洗不清。一切都是因為我太愛錢的關係，如果我不是這麼死要錢，今天就不會搞到這副田地。

阿海說的沒錯，錢會帶來不幸，我要是早聽他的就好了。要那麼多錢幹嘛？王小姐也說了，人難免一死，不管生前再有錢，到頭來還是只能光溜溜地躺在檯子上。這些話明明就很有道理，我為什麼就是不聽呢？

錢根本就不是永恆的！

之前還自誇從來不給人添麻煩，搞了半天我根本就是社會的累贅，人類的恥辱！快點判我死刑吧，我活著是浪費糧食！

等我睜開眼睛，已是第二天中午。警察把我叫出來，說我可以走了。

我腳步虛浮地走出警局，門口有一個人向我迎過來。

「學姐！妳還好吧？我好擔心哦！」佳莉看起來快要哭了，「妳沒事吧？他們有沒有對妳怎樣？」

我已經累得連站都快站不住了，茫然搖頭，忽然想到一件重要的事：「是妳保我出來的嗎？花了多少錢？我一定會還妳的。」

看到她的表情，我心頭一沉，很好，又踩到地雷了。

「對不起，我不是故意一開口就談錢的，我知道這樣很討人厭，只是一個不小心又會發作，我以後會更注意的……」

「學姐，」她伸手按著我肩頭，「妳沒有前科，也沒有逃亡的嫌疑，不用付保釋金。放心，我跟警察說了，妳是因為跟我吵架才臨時搬回家，根本不知道拍電影的人在搞什麼。而且我請了認識的律師看了妳的卷宗，他說警察沒有其他證據證明妳找人來家裏吸毒，加上妳只是間接吸到一點，驗尿報告應該是微量，他可以說服檢察官不起訴。妳沒事了。」她補上一句，「律師是友情幫忙，不收錢。」

其實我沒聽清楚她最後一句話，一聽到「妳沒事了」，心頭的石頭一放下，眼淚頓時飆了出來。佳莉看到我哭，也跟著哭了，伸手緊抱著我。

「對不起學姐，對不起，我不該跟妳說那些話，害妳跑回家遇到這種事。妳那麼高興地恭喜我，我卻潑妳冷水，真是太過份了，都是我不好。」

我哭著搖頭，「不是，是我不好，妳一直在幫我，我卻老給妳添麻煩。不但不幫妳忙，還接雨水洗澡又抱著保特瓶在家裏走來走去，妳一定很受不了我吧？一定覺得我瘋了對不對？」

「沒有啦！我只是怕妳生病而已，嗚……」

我們抱頭哭了很久，我在心裏發誓，一定要徹底放棄我那個智障到極點的存錢計劃，以後絕對不能再那麼死要錢，存不到五百萬就算了，沒什麼大不了。因為我最想要的東西，是錢買不到的。

哭累了之後，我鼓起勇氣問佳莉：「我可以參加妳的婚禮嗎？」

「當然可以！」

原來，就算沒有錢，這世界還是很美好的。

＊＊＊

接下來的日子，我的生活重心就是幫佳莉籌備婚禮。每天跑腿、聯絡事情，忙得很開心。不過，遇到必須殺價的場合，我一律交給她妹妹負責，免得我一破戒就一發不可收拾。

在傳了幾個月的謠言後，我們公司真的開始裁員了。第一波開刀名單上，赫然出現凱蒂的名字，因為她上班只顧聊天化妝，還常溜出去喝下午茶。此外，我們還聽到一個不幸的內線消息：她老公其實不像外表那麼有錢。

這波裁員讓我們辦公室的人膽戰心驚，從此大家都把皮繃緊了埋頭工作，再也沒人再有心情去聽Elle炫耀她的行頭。不過Elle自己也沒辦法再炫耀了。

某一天，忽然有兩個穿黑西裝的男人跑來我們辦公室門口，指名找林美惠小姐，那時Elle剛好去上洗手間不在座位上。等她走出洗手間，遠遠地看到那兩個人，立刻臉色大變，轉身就跑走了，從此我們再也沒見過她。

幾個同事私下討論的結果，認為那些人可能是來「拜託她花錢」的，因為太過熱情，她消受不了，只好逃走。

我不想幸災樂禍，但是我真的很擔心阿海被她連累。好幾次想打電話問候他，總是提不起勇氣。佳莉一直鼓勵我去找他，可是我就是下不了決心。在他心中，我早就已經形象掃地了，有什麼資格過問他的事呢？他又有什麼義務告訴我呢？搞不好他會以為我是在嘲笑他呢。

算了，別再自討沒趣了。

雖然已經做了決定，心裏還是很悶。

＊＊＊

接待處前擠滿了客人，紅包一包接一包遞過來，我真希望身上多長幾支手，不然根本來不及收。

有個女人簽了名，慢吞吞地把紅包拿出來，我伸手去接，她居然緊抓著不放。

「小姐，」我很客氣地提醒她，「小姐，可以給我了。」

她嘴唇顫抖，仍然不肯放開紅包。我花了好大的力氣，總算把紅包扯到手。她臉色鐵青，快步走進宴會廳。這種喜氣洋洋的日子，她擺這種臭臉，真是太不夠意思了。

是啦，我知道現在不景氣，自己錢都不夠花了還得包紅包給別人，一定很心痛。但是人都來了，抓著紅包不給是要幹什麼？難不成想吃免費的嗎？好歹幫新人想一想嘛，這是人家的大喜之日耶！

真是的，浪費我的時間，後面的人越排越多了。

忙得快昏倒的時候，一個高大的身影出現在我面前，簡直就像一堵牆，把所有光線都擋住了。不過，就算有光線，除了他的臉，只怕我也看不到其他東西。

「阿海？」

從上次被押上警車，我就沒再見過他了，感覺好像已經分別了幾十年一樣。他瘦了一圈，頭髮太長了些，眼下的黑眼圈有些明顯，臉頰上有些鬍渣沒剃乾淨，卻顯得更加性格。只是，我從沒看過他這麼不知所措的表情。

「嗨，好久不見。」

「是啊，好久不見。」我的腦袋已經差不多麻痺了。

「妳好嗎？」

「很好啊。你好嗎？」

「很好。」

一陣相對無語，直到旁邊的人提醒，我才回過神來，收下他的禮金。

「三萬六，不是，三千六。」真是丟死人了！

阿海乾笑一聲，把手塞進口袋，隨即又抽出來抓頭。我比他更慘，穿著沒口袋的洋裝，兩隻手根本不知道往哪擺。

阿海身後的人已經快擠滿走廊了，他輕咳一聲，「我想我去看看新娘好了。休息室在哪？」

我告訴他房號，依依不捨地看著他離開。

為什麼佳莉沒告訴我阿海會來呢？她不知道這樣會給我帶來大驚嚇嗎？接下來十幾分鐘，我出錯連連，接待處因而更加混亂。然後新娘子打電話來了。

「阿海剛剛回去了，他說他不留下來吃飯。」

又來了，只送禮金不吃飯，這是他的風格吧？

「學姐，妳趕快去追他，好好談一談吧，不然我找他來做什麼呢？」

「不行啦，我還在忙，而且搞不好他有急事。」

「妳聽我說，上次妳被警察帶走，是阿海通知我的，律師也是他找的。那晚他衝來阿敦家找我，要我幫忙想辦法，然後他整晚到處打電話，託人幫忙找律師，一查到律師名字就半夜跑到人家家裏，苦苦哀求他幫忙，還當場拿出一顆鑽戒當做律師費跟保釋金。人家拗不過他才答應幫忙，第二天一大早到警局調卷，總算把妳弄出來。這麼愛妳的男人，妳真的要讓他這樣走掉嗎？」

我心情激動不已，啞著聲音說：「妳為什麼不早告訴我？」

「是他叫我不要說的。他說他幫不上妳的忙，又對妳說了很多難聽的話，覺得很丟臉。這就叫男人的自尊吧，不過真的很傻就是了。」她說：「照我看來，你們兩個的確差異很大，但是沒必要因為這樣就要分手吧？」

我眼冒金星，幾乎站不住。腦袋已經停擺，只聽到自己無意識的回答：「但是，真的好辛苦啊……」

「就是辛苦才浪漫啊！」我腦中浮現佳莉在電話的另一頭跳腳的模樣，「如果要輕鬆，大家都去指腹為婚不就好了？既然是真心相愛，意見不合的地方，就該坐下來好好談。難道放棄心愛的人會比較簡單嗎？」

「……」

「收錢我再找別人幫忙，妳快去找他吧。他才剛出去，應該不會走太遠的。」

我一咬牙，放下手機，衝了出去。

跑到大廳，正好看到他走出大門。我飛快追出去，大叫：「阿海！」

他停下腳步，「可可？」

看到他的臉，我眼眶再度發熱，千言萬語頓時梗在喉嚨裏。

「妳怎麼跑出來了？有什麼事嗎？」

「我，我是想謝謝你，幫我請律師。」

他苦笑，「佳莉還是跟妳說了。那個沒什麼啦，我根本沒幫上忙。律師說了，妳的案子本來就不成立，沒必要大驚小怪。」

大驚小怪？我嚇掉半條命耶。

我努力找話題，「你好像很累。」

「對啊。最近小原一直在鬧情緒，又吃藥又吵著要跳樓，我們三個輪流盯著他，幾乎沒睡覺。」

「他怎麼了？」

「論文寫不出來，偏偏兵單來了，修業年限又滿了不能再延。整天哭哭啼啼說他這輩子完了，氣得我超想K他一拳。」

這才叫沒出息呢，我心想。

他歎了口氣，「也許我早該K他一拳。以前就覺得他根本沒有心念書，只是為了面子硬撐，想勸他放棄又說不出口，只好很虛偽一直講一些『加油加油，你一定行的』之類的屁話，結果就變成這樣了。」

淒涼的表情讓他的臉蛋更加俊美，我卻不忍卒睹。

「很可笑哦？該講的話講不出口，想打醒他又打不下去，只好眼巴巴看著他越變越糟。不過這種心情妳應該很了解才對，妳前男友也是這種無藥可救的人。」他笑得很無奈。

喂，這種話要我怎麼接？再怎麼樣我也不會說他無藥可救啊！

「那小原現在怎麼樣？」

「我勸了他一晚，叫他先當完兵再說。不曉得該做什麼的時候，就先做能做的事，這樣比較積極。希望他有聽進去。」

「很有道理啊。」我說：「對了，Elle最近跑路了，你知道嗎？」

他點頭，「有聽說過。哦，妳是擔心我被討債嗎？放心，她的事完全沒扯到我身上，我跟她在一起還不到一個月就分了。」

「真的？為什麼？」我喜出望外，差點當場尖叫。

他又開始抓頭，「怎麼說呢？她就像個無底洞，怎麼也填不滿。一直跟我要東要西，而且還專挑貴的。把我的信用卡刷爆了兩張，居然還要我再多辦幾張，完全不考慮我的立場。我雖然很愛花錢，並不表示我喜歡被人當冤大頭。就像妳說的，kimochi很不好。」

「是啊。」我非常欣慰，又有些慚愧，他還是很理性的，我之前太低估他了。

「不過，這一個月的後果就已經很嚴重了。這陣子我一直忙著還債，接銀行的電話接到快瘋掉，只好每天拼命加班，差點累死，腦子裏除了錢以外什麼都沒辦法想。還好我想起來之前我媽有幫我買保險，趕快解約用解約金把債務還清，心情才放鬆下來。我以前從沒欠過錢，現在才發現原來欠債是這麼恐怖的事情。」

我也是聽得膽戰心驚。「辛苦你了，還好現在沒事了。」

「是啊。每天晚上，我看著那堆帳單，腦子裏都會一直想：為什麼我沒有早聽妳的話？」

我也是慚愧無地，「別這樣說，聽我的話才會倒大楣哩。你不是親眼看到我被押上警車嗎？」

「是啊。那天我看到妳幫我做的紙箱，忽然很想看看妳，也不曉得妳到底在不在家，就這樣衝過去了。沒想到……」他輕歎一聲，「那時候我第一個念頭就是快點請律師，快點把妳保出來。然後我就想到，我手上一毛錢都沒有。說來不怕妳笑，差點當場哭出來。之前還誇下海口，說什麼別人有需要的時候我一定幫忙。但是妳需要我的時候，我一點用也沒有。」

光憑他這些話，我就快哭出來了。

「我還怕你會真的以為我吸毒。」

「不可能吧？毒品那麼貴妳一定買不下手的。」

呃……也對啦……呵呵。

看到我的表情，他收起笑容。「我亂講的，別放在心上。我只是覺得，像妳這麼懂得節制的人，應該不會做這種自甘墮落的事。就算真的做了，一定也是被我害的。」

「沒這回事……」

「前陣子我去看我爸，才發現他也跑路了。我看著家門上貼的封條，覺得很可笑。一直發誓不要跟我爸一樣，結果我還是犯了跟他一樣的錯，被居心不良的女人牽著鼻子走，搞得一身腥。真的，一個人要放縱要墮落都很容易的事，但妳就是管得住自己。我很佩服。」

「不是啦！我只是……對金錢有異常的執念而已。」而且病得還不輕。

他笑了，「如果真是這樣，妳就應該死巴著我，讓我作牛作馬賺錢養妳不是嗎？就像Elle跟我爸那個排骨精一樣，但是妳沒有。明明那麼節省，卻因為不想掃我的興一直順著我，還自動幫我出一半的錢，怕我破產。違背自己的本性去配合別人一定很痛苦，妳是真心替我著想才這樣做吧？我拖了這麼久才想通，實在蠻笨的。」

「不是這樣。我只是自己一廂情願，以為我是為你好，但是你根本不需要啊。你一直想讓我開心，我卻滿腦子計較錢，傷害你的感情，真的很對不起。其實我很羨慕你，總是那麼大方為別人付出，很坦率地表達自己的感情，但是我……沒有辦法。」

「小原不是說了嗎？那種表達方式一點都不值錢，只是愛現耍帥，純粹滿足我自己的虛榮心而已。」

「誰管小原說什麼？」那個只會裝腔作勢的偽菁英份子有什麼資格批評別人？

他搖頭，「那天在公園裏，妳說妳什麼都不要，只要我握著妳的手陪在妳身邊，那時我就想到，搞不好妳根本不需要我買給妳的那堆東西。我自認為妳付出很多，其實全都不是妳要的，可是我不肯承認。被小原打臉已經很幹了，說什麼都不能接受我在妳身上也失敗了。而且我沒辦法相信，要讓妳快樂居然會這麼簡單。跟我這種白痴在一起，妳一定很辛苦吧。」

其實不能怪他，十個女孩中有十一個喜歡鑽戒。偏偏我是異類。

我忍著眼淚，「辛苦又怎麼樣？要輕鬆的話，去給有錢的老頭當二奶不就好了？」

他笑了。「也對，要輕鬆過日還真的不容易。我現在總算明白，人的時間、金錢還有感情，都是不能隨便揮霍的，一定要用在值得的人跟值得的東西上面，不然就會一無所有。」

我點頭，「很棒的領悟。」

「不只這樣，我現在開始存錢了。」

「真的？」真是大新聞。

「是啊。被追債的時候，我買了個十塊錢的塑膠撲滿，每天邊投錢邊幻想，等錢還清以後我要怎麼安排人生。說來好笑，我以前從來沒有好好計劃未來的事，就連求婚的時候也沒有認真想，一切全憑感覺，實在是蠢斃了。」

他尷尬一笑，「然後我發現，我沒有辦法忍受沒有妳的未來。不管是結婚還是生小孩，想像的畫面裏只要沒有妳，就是不對勁。我甚至連上廁所都在幻想妳會忽然跑進來。」

我臉紅了。

他深吸幾口氣，下定了決心。

「可可，現在雖然債還清了，但是我一來沒有臉見妳，二來口袋空空，沒有能力照顧妳，所以沒有勇氣跟妳聯絡。但是今天既然遇見了，我也不想錯過機會。我想等我多存一點錢，可以給妳更安穩的生活的時候再來接妳。妳願意等我嗎？」

「不願意。」我說。

他垂下雙眼，「哦，沒關係，我了解。祝你幸福。」

等他轉身，我快步繞到他身前，伸手托住他雙頰，「我現在就要跟你在一起。」

他大吃一驚，「可是，這樣妳會很辛苦。」

「傻瓜，就是辛苦才要在一起啊。兩個人一起賺錢一起存錢，效率絕對比一個人高的。你想想，住一起房租就省一半，報稅的免稅額也比較高，晚上一起淋浴更省水。而且還可以把燈關掉，點根蠟燭來個燭光約會，多浪漫啊！連電視都可以省了。還有，我上次做的紙箱，同事們都說好看，我可以多做幾個去網拍，我們還可以分頭去找便宜的店，再回來比價，以後買生活用品更省……」

啊，我開始熱血沸騰了，腦中瞬間湧出十幾種省錢妙方，靈感源源不絕，全身精力充沛。

果然，為了重要的目標存錢，比天天像瘋子一樣死盯著存摺快樂多了。

他怔怔地看著我，「妳真的願意？」

我踮起腳，給他一個深深的吻。「如果不能跟你在一起我會死。」

他驚喜交集，又想起一件事。「啊，我把戒指給律師了。」

我一笑，「自己做不就好了？世界上有幾個人可以戴自己做的結婚戒指？這可是買不到的呢。」

他笑顏逐開，緊緊地擁著我。「可可，妳真是太神奇了！」

老實說，我也是這麼認為。

他的手機響了。

「喂，古錐啊。啥，車又壞了？三千塊，呃，這個嘛……」他有些為難地看了我一眼。在這大喜的時刻，我努力提醒自己不要發脾氣，給他一個笑臉，心裏卻忍不住大罵。古錐總該知道阿海最近經濟狀況不好吧？居然還好意思來借錢？白目也有個限度好嗎？

阿海笑了出來，伸手捏捏我的鼻頭，對著電話說：「抱歉啊，我要準備結婚，得省錢才行。」

我熱淚盈眶，啊，他這句話的價值就超過五百萬啊！

「對，結婚。是真的。跟誰？就跟你大嫂啊。期待你的紅包哦。掰！」

他放下電話，我們兩人相對大笑起來。路人紛紛走避，活像見到鬼，我們也毫不在意。他們沒辦法分享我們的幸福，真是太遺憾了。

我們牽著手走回飯店，也走向我們的未來。就在這時，我悟出了省錢兼戀愛的最後一條，也是最重要的秘訣。

秘訣二十：找到那個無價的人。

（完）

要青春16　PG1713

要有光
FIAT LUX

完全省錢戀愛手冊

作　　者　Killer
責任編輯　喬齊安
圖文排版　周妤靜
封面設計　王嵩賀

出版策劃　要有光
製作發行　秀威資訊科技股份有限公司
114 台北市內湖區瑞光路76巷65號1樓
電話：+886-2-2796-3638　傳真：+886-2-2796-1377
服務信箱：service@showwe.com.tw
http://www.showwe.com.tw
郵政劃撥　19563868　戶名：秀威資訊科技股份有限公司
展售門市　國家書店【松江門市】
104 台北市中山區松江路209號1樓
電話：+886-2-2518-0207　傳真：+886-2-2518-0778
網路訂購　秀威網路書店：http://www.bodbooks.com.tw
國家網路書店：http://www.govbooks.com.tw
法律顧問　毛國樑　律師
總 經 銷　聯合發行股份有限公司
231新北市新店區寶橋路235巷6弄6號4F
電話：+886-2-2917-8022　傳真：+886-2-2915-6275

出版日期　2017年7月　BOD一版
2024年4月　BOD二刷
定　　價　260元

Printed in Taiwan

國家圖書館出版品預行編目

完全省錢戀愛手冊 / Killer著. -- 一版. -- 臺北
市 : 要有光, 2017.07
面 ;　公分. -- (要青春 ; 16)
BOD版
ISBN 978-986-94954-0-0(平裝)

857.7　　　　　　　　　　106008793

讀者回函卡

感謝您購買本書，為提升服務品質，請填妥以下資料，將讀者回函卡直接寄回或傳真本公司，收到您的寶貴意見後，我們會收藏記錄及檢討，謝謝！
如您需要了解本公司最新出版書目、購書優惠或企劃活動，歡迎您上網查詢或下載相關資料：http:// www.showwe.com.tw

您購買的書名：________________________________

出生日期：________年________月________日

學歷：□高中(含)以下　□大專　□研究所(含)以上

職業：□製造業　□金融業　□資訊業　□軍警　□傳播業　□自由業
　　　□服務業　□公務員　□教職　□學生　□家管　□其它____

購書地點：□網路書店　□實體書店　□書展　□郵購　□贈閱　□其他

您從何得知本書的消息？

□網路書店　□實體書店　□網路搜尋　□電子報　□書訊　□雜誌
□傳播媒體　□親友推薦　□網站推薦　□部落格　□其他________

您對本書的評價：（請填代號　1.非常滿意　2.滿意　3.尚可　4.再改進）

封面設計____　版面編排____　內容____　文／譯筆____　價格____

讀完書後您覺得：

□很有收穫　□有收穫　□收穫不多　□沒收穫

對我們的建議：________________________________

____

____

____

請貼
郵票

11466
台北市內湖區瑞光路 76 巷 65 號 1 樓
秀威資訊科技股份有限公司 收
BOD 數位出版事業部

....

（請沿線對折寄回，謝謝！）

姓　　名：＿＿＿＿＿＿＿＿＿＿　年齡：＿＿＿＿　性別：□女　□男

郵遞區號：□□□□□

地　　址：＿＿＿＿＿＿＿＿＿＿＿＿＿＿＿＿＿＿＿＿＿＿＿＿

聯絡電話：(日) ＿＿＿＿＿＿＿＿＿＿＿＿ (夜) ＿＿＿＿＿＿＿＿＿＿＿＿

E-mail：＿＿＿＿＿＿＿＿＿＿＿＿＿＿＿＿＿＿＿＿＿＿＿＿